1

ラストシンデレラ

ill. 熊野だいごろう

リリム
アーゼマ村で診療所を営む少女。
ルーゴのことを訝しんでいたが、
次第に信頼を寄せるように(慣れた)。
ルーゴ
桁外れの力を有する謎の人物。
誰にも素顔を明かそうとはしないが、
その正体は……？

（どうやって飲んでいるんだろう）
ペーシャ
シルフの少女。
そのちっちゃい手による
マッサージは極楽（リリム談）。
リリムは考えないようにしていたが、
流石にここまで来ると
ペーシャの目にも異様と映るようだ。
先程すごいと言って目を輝かせていた
ペーシャの様子はどこへやら、
今は若干表情を引き攣《つ》らせている。
「もう終わってる！ なんで!?
まだ作業始めてから二十分くらいしか
経《た》ってないっすよ!?」

「お前は先ほどSランク冒険者ルークが死んだと言ったな」

戦争を起こす。その発言を鼻で笑ったルーゴが、真黒の兜を取り外した。

「俺がそのルークだ」

「う、嘘……ッ」

ティーミア
シルフ達を率いる妖精王。ちょっとおしゃまで傲慢だが、シルフらの信頼は厚い。

お前は強過ぎたと仲間に裏切られた
「元Sランク冒険者」は、田舎で
スローライフを送りたい
The "former S-rank adventurer" who was betrayed by his friends because he was too strong wants to live a slow life in the countryside
1
ラストシンデレラ
ill. 熊野だいごろう

# Contents



The "former S-rank adventurer" who was betrayed by his friends because he was too strong wants to live a slow life in the countryside

# プロローグ

共に戦って来た仲間に武器を向けられるとは夢にも思わなかった。

背後から魔法で撃ち抜かれたルークは、あまりに唐突な裏切りに動揺を隠せなかった。

「これはどういうことだ。どうしてお前達《たち》が俺に……武器を向けるんだ」

「腹に穴を開けられてもまだ口を開くとは、流石《さすが》は『Sランク』ですね」

無様に地べたに横たわるルークの前で、仲間——いや、かつては仲間だった四人の影が武器を向けてルークを見下ろしていた。


この日、ルーク率いる冒険者パーティは王国からとある依頼を受け、マオス大森林と呼ばれる森の奥地へと踏み込んでいた。なんでもこの森に竜が出現したらしく、国唯一のSランク冒険者であるルークとその仲間達に、国から竜の討伐依頼が出されたのだ。

しかし、森の奥地で待ち受けていたのは竜ではなく王国の兵士達。

何事だと剣を鞘《さや》から引き抜いて構えたルークの背中を、あろうことかルークの仲間が魔法で打ち抜いたのだ。

胴体が千切れそうになり、腰から下に力が入らなくなる。唐突な奇襲、それも信頼していた仲間からの攻撃をルークは避《よ》けることが出来なかった。

結果が今の有様だ。

ルークは無様に倒れ、それを仲間達が冷たい目で見下ろしている。

「ずっと一緒に戦って来たルークを……、この手で殺《あや》めることはとても心苦しく思います。どうか、許してください」

「許す筈《はず》が、ないだろう。訳を……話してくれ」

「訳も何も、この結果はルークが化け物だったからというだけです」

淡々と言った聖女――リーシャは膝を折ってルークの前に屈《かが》んだ。

「国が保有するたった一人のSランク、それがあなたです。あなたが剣と魔法を振るってきたお陰で、国の民は魔物の脅威を忘れて日々を過ごすことが出来ています。ですが、魔物の数が減っている昨今、次の脅威となるのは何でしょうか」

子供に言い聞かせるように言うリーシャ。聖職者である彼女の言葉には自然と聞き入ってしまう。

確かに魔物による人畜の被害は減っていた。それはルークが来る日も魔物を倒してきたからだ。

その為《ため》にルークは剣を振るってきたのだ。

次の脅威とリーシャは言った。

それを斬《き》るのもルークの役目だ。

その筈だった。

「国は次の脅威はルーク、あなたであると決定しました」

リーシャの言葉にルークは表情を歪《ゆが》める。

驚いたのではない。仲間に武器を向けられた今の状況から、何となくそれを察することは出来ていた。しかし仲間の口からはっきりとそれを言われ、酷《ひど》く落胆したのだ。

「たった一体で国を滅ぼす竜、それをルークはたった一人で討伐出来てしまう。これが意味するところはつまり、あなたが国を滅ぼす力を持っているということ」

「それが、どうしたと言うんだ」

「つまりです、ルークが気まぐれを起こせば、簡単に国が滅亡するということなのです。分かりますか、ルークなら分かりますよね？」

「俺が……、そんなことする筈ないだろう」

「ええ、少なくとも今は、私もそう思います。ルークはいつだって弱い者の味方でしたから。しかしです、未来の話となればどうでしょう。先ほども言いましたが、ルークがいつ気まぐれを起こすか分かりませんよね」

感情を伴わない平坦《へいたん》な口調、無表情でリーシャは続けた。

「これ以上、ルークが力を付ける前に、私達の手で処理することが出来る今だからこそなのです。

国の滅亡は何としてでも回避しなくてはなりません」

「ふざけるな――――ぐあッ！」

ルークがリーシャへ反射的に手を伸ばすと、突如として体に重圧が伸《の》し掛かった。続いて体中に返しの付いた鎖が巻き付き、強制的に力が吸い取られるような感覚に襲われる。

【拘束魔法】、それもかなり高等なものだ。

こんな魔法を行使出来る魔術師など、ルークは一人しか知らない。

「おっと、ルークや。リーシャには指一本触れさせんぞ」

オルトラム。ルークのパーティメンバーの一人で数多《あまた》の魔法を操る大賢者。ルークに魔法を教示した師匠でもある老人だった。

オルトラムが使う魔法はどれも高度なもので、普段のルークならいざ知れず、腹に穴を開けられた今の状態では彼が操る拘束魔法を振り払うことが出来ない。

「うぐッ……！　ぐ、ぐぐ……！」

ギリギリと拘束魔法の締め付けが強くなっていく。

「お前は強過ぎた、ということだなルーク。分かったのなら現状を大人しく受け入れろ」

顎に蓄えた髭《ひげ》を掻《か》きながらオルトラムが小さく呟《つぶや》くと、拘束魔法の威力が増していく。締め付けを更に強くされたルークは真っ黒な血を吐き散らかした。

悶《もだ》え苦しむその姿を見て、オルトラムにべったりと張り付いている一体の精霊がルークを指差して嘲笑《あざわら》っている。

「きゃっはは、Ｓランクが情けなぁい。強過ぎたって？　本当は弱いんじゃないのぅ？」

長く世を生きてきた精霊とは思えないほど、子供のように無垢《むく》で無邪気な笑い方だった。心底、今の状況を楽しんでいるように見える。

「これアラウメルテや、ワシらが今相手にしておるのはルークだぞ」

「ふふっ！　そうねぇ、油断は禁物よねぇ」

堪《こら》えられないとばかりに口元を歪ませるアラウメルテが指を振るえば、ルークの顔から更に血の気が引いていく。弱体化の魔法だ。これによってルークは魔法への抵抗力を削ぎ落とされる。

「どぉ？　これで良いかしらぁ？」

「そうだ、そのままルークを弱らせておけ」

頷《うなず》いたオルトラムは横に居る小さな子供を一瞥《いちべつ》し、小声で「やれ」と命令する。

するとリーシャが無表情を解き、鋭い視線をオルトラムに向けた。

「オルトラム、まさかエルにトドメを刺すのを任せるつもりですか？」

「黙っておれリーシャ。ワシのやり方に指図するな」

「……ぐっ」

声色を強くしてリーシャを黙らせたオルトラムは、再び横の少女へと指示を出す。

「お前がやれ、エル」

「は、はい。師匠」

一歩踏み込んでルークの前に出たのは魔術師の少女。

一年ほど前に、ルークのパーティに加わった女の子で名前はエル。空のように鮮やかな青色の髪が特徴の子だ。

「あ……ああ、ルーク、様」

エルはまだ十三歳の子供だ。魔法の師であるオルトラムに命令されても、ルークを殺めるということに脅《おび》えが見て取れる。強く握り締めるその手は小刻みに震えていた。

「や、やっぱり、嫌です。エルには、無理です……」

大粒の涙を流しながらエルは首を振った。

それでもオルトラムが「やれ」と再び命じれば、エルの腕が杖《つえ》を握り締めて照準をルークに合わせて構えた。まるで、エルの意志に反して腕が勝手に動いているかのように。

「く……、うぅ……」

しかし、構えられた杖からは、いつまで経《た》っても魔法が使用される気配はない。エルが杖に魔力を込めていないのだ。だから魔法が発せられない。

「エル」

見兼ねたリーシャが穏やかな口調でエルの肩に手を置いた。

「…………っ」

エルが口を結んで顔を振り向かせると、リーシャは視線を促すようにルークを指で示す。

「見てください、ルークのこの虚《うつ》ろな目を。お腹《なか》に空いた穴から血液が漏れて顔が青白くなっています。早々にこの苦しみから解放してあげるべきだとは思いませんか？」

「でも……、でも……」

リーシャが丁寧にルークの現状を説明していくと、エルの表情から血の気が引いていく。目尻から零《こぼ》れる涙が止まらなくなる。今まで世話になったパーティのリーダーを殺すという役目は、エルにはまだ荷が重いようだった。

「私で良いですね？」

この子では無理だという意味を込めた視線をリーシャはオルトラムに向ける。

「ならばさっさとやれ」

「では」

エルを後方へと退かせたリーシャは、聖剣をルークに向けるとそのまま振り上げた。一度だけ、リーシャはルークと目を合わせる。

「ルーク、何か言い残すことはありますか？」

「お前達を、信じていた」

「……、そうですか」

ルークが冒険者になってから十年。数えきれないほど魔物を殺してきた、その十年で仲間や友人達を多く失ってきた。だからこそ、リーシャを、エルを、オルトラムを、アラウメルテを、大切にしようと思っていた。

その仲間達に今、殺される。

「ルーク、せめて安らかに」

言ってリーシャは剣を振り落とす。その最中に、ルークは呟いた。

「覚えていろ」

ルークの首が地面に転がった。

# 第1話　シルフの巣へ

この世には『加護』という力が存在する。

それは人ならざる者がもたらす奇跡の力の総称であり、加護を受けた人間は他にはない力を振るうことが出来る。

最強の冒険者集団であるルークのパーティメンバーもまた、加護を持つ精鋭達《たち》が集まっていた。

——リーシャ・メレエンテ。

聖女である彼女は『女神の加護』を。

——オルトラム・ハッシュバル。

賢者である彼は『大精霊の加護』を。

——エル・クレア。

魔術師である彼女は『魔人の加護』を。

加護の効果は様々で多岐に亘《わた》る。ある加護は身に降りかかる災厄を払い、ある加護は精霊が守護者となり、ある加護は所有者に絶大な魔力を与える。

国が保有するたった一人のSランク冒険者——ルーク・オットハイドに与えられた加護は、数ある加護の中でも類稀《たぐいまれ》な能力を持っていた。

――『不死鳥の加護』。

神鳥が司《つかさど》るその奇跡は、その名の通り不死をもたらす。加護を受けた者が諦めない限り、心が死を受け入れない限り、その肉体は再生を繰り返して滅びることは決してない。

それはつまり、ルーク・オットハイドはまだ死んでいないということを意味する。

◇◆◇

王国から南へ離れた辺境の地。

そこにポツンとあるアーゼマと呼ばれる田舎村に住んでいる十五歳の少女――リリムは少々困っていた。

つい三ヶ月前、村にとんでもない奴《やつ》が引っ越して来たからだ。

「どうした、リリム。危険だから呆《ほう》けていないで離れていろ」

「わ、分かりました。ルーゴさんこそ気を付けてくださいね」

屈強な魔物がわんさか出る森の中。

人間を針の一撃で刺し殺してしまうキラービーと呼ばれる蜂型の魔物の巣の前で、真っ黒な兜《かぶと》を頭に被《かぶ》っている男――ルーゴが手の平を突き出して構えていた。

このルーゴという男がとんでもない奴なのである。

「では害虫駆除を始めるとしようか」

そう宣言した真黒の兜の隙間から覗《のぞ》く眼光が、巨大な樹《き》に営巣されたこれまた巨大なキラービーの巣に照準を合わせる。

少し離れたところでリリムがその様子を窺《うかが》っていると、次の瞬間――ドンッという衝撃音と共にルーゴの手の平から灼熱《しゃくねつ》の炎が射出された。

キラービー達が飛んでくる炎の塊に気付いたところでもう遅い。逃げ出す間も与えられず、巣と共に焼き尽くされてしまった。

魔物が駆逐されたことが確認されると、様子を見守っていたアーゼマ村の村人達から歓声が上がる。

「うおおおおお！　流石《さすが》はルーゴさん！」
「害虫駆除なんてお手の物ね！」
「結構でかい蜂の巣だったけど一撃だったなぁ」
「ギルドの冒険者でもあれは無理とか言ってたんだけどな」
「まあルーゴさんの手に掛かればこんなもんだ」

アーゼマ村の近くにある森に魔物の巣が出来てしまったと困っていた村人達であったが、このルーゴという兜の男が一撃で葬り去ってくれたのでもう大喜び。

ただ、そんな村人達とは対照的に、リリムはどこか釈然としない表情を浮かべている。

(あの炎、やっぱりおかしいですよ)

先ほどルーゴが放った灼熱の炎は見るからに【魔法】であった。

魔法とは本来、何年何十年という訓練を経て初めて扱える高度な技術である。と、リリムは聞いている。

この魔法を夢見てわざわざ王都へ出向く者も多いが、結局は才能がなくて帰って来たり、使えてもせいぜい生活の足しになるような魔法しか覚えられなかったりと、そこいらの者が簡単に扱えて良い技術ではないのだ。

それにも拘《かかわ》らず、ルーゴは平然とした様子でさも簡単そうに魔法を放ち、その威力は魔物の巨大な巣を一撃で焼き尽くす規格外のもの。

リリムの両親も魔法を使えたが、あんな威力は出せなかった。

だからリリムは村に帰って来た後、アーゼマ村の村長に向かってこう言うのだ。

「あのルーゴって人、絶対に怪しいですよ!」

机に強く手を叩《たた》きつけ、椅子に座る村長に大声で言い付ける。しかし村長は顎に蓄えた髭《ひげ》を摩《さす》りながら、どこかのほほんとした様子で窓から外を眺めていた。

「確かに、異常に強いけど大丈夫じゃろ」

「その異常に強いっていうのが危険なんですよ！」

兜の男、ルーゴが気まぐれに村に手を出したらどうするのだろうかとリリムは本気で思う。危険な魔法を簡単に扱うあの男の手に掛かれば、アーゼマという村は一秒で地図から消え去ってしまうだろう。

それにルーゴの姿格好も怪しいことこの上ない。

服装は平凡でただの村人といった格好をしているのだが、その頭に真っ黒な兜を装着しているのだ。何でも顔を見られたくないのだとか。

「絶対あの人、王都で懸賞金を掛けられたから顔を見られたくないんですよ。だから見つからないように、こんな辺境の田舎村に引っ越して来たに違いありません」

リリムはそう確信する。

しかもだ。王都で活躍するたった一人のSランク冒険者ルーク・オットハイドが、魔物討伐の依頼途中に事故死したとの凶報が三ヶ月前この村に届いたのだ。

ルーゴがこの村にやって来たのも同じく三ヶ月前である。

もしかすると、ルーゴがSランク冒険者の事故死に関わっているかも知れない。

「またそんなことを言っているのかリリム。それこそルーゴさんにこの話を聞かれて怒らせてみろ。お前さんなんか一溜《ひとた》まりもあるまいて」

「ひ、ひぃぃぃぃ……、だから危険だって言ってるんですよぉぉ」

ルーゴに襲われれば、村長の言う通りリリムは一溜まりもないだろう。

それを確信させるだけの実力を、ルーゴはこの村に引っ越して来てからの三ヶ月で散々リリムに見せつけてくれた。

ある時はウルフという狼《おおかみ》型の魔物の群れをたった一人で追い払ったり、またある時は押し寄せてきたサイクロプスという巨大な魔物の群れを眼光だけで追い払ったり、またある時は村を襲撃した盗賊団を魔法で消し炭にしたりと、何かもう色々とやばかった。

ただの村人が成して良い功績ではない。

「ほっほっほ、ルーゴさんがこの村に来てくれて本当に良かった。それに若い人が来てくれたお陰で、平均年齢五十二歳のこの村も少しは潤うわい」

村長も他の村人達と変わらずこの調子なので、ルーゴはすっかりアーゼマ村の用心棒としての地位を確立していた。

「もういいです。私は私でルーゴさんのこと調べますからね」

「ほいほい、くれぐれも迷惑は掛けるでないぞ」

「そういえば、今ルーゴさんが何をしているか分かりますか?」

「ハーマルさんに『森にブラックベアが出て怖いからちょっと倒してきて欲しい』と言われておったなぁ」

「そんなお使いみたいにポンポン魔物討伐を頼まないでください！」


どうやらルーゴはお使いを頼まれて再び森へ入ったらしいので、リリムも後を追いかけて森の中へ入ることにした。自分一人だと油断するルーゴをこっそりと物陰から観察すれば、もしかすればその正体を暴けるかも知れない。

ルーゴは村を発《た》ってまだ間もないとのことなので、急げばすぐに追い付けるだろう。

「では微精霊様、ルーゴさんを追いかけたいので案内をお願いします」

まだ昼間だというのに薄暗い鬱蒼《うっそう》とした森の中、リリムが指を振るうと光を瞬《またた》く粒子のようなものが指先に集まってくる。これは『微精霊』と呼ばれる小さな生き物で、『微精霊の加護』を持つリリムが呼び出すと色々なお願いを聞いてくれる。しかし頭はそれほど良くないので複雑な命令は聞いてくれない。

今回のお願い事は『ルーゴが居る場所への案内』だ。

「それと、辺りに魔物が居たら教えてくださいね」

森の中は魔物が出るので追加でお願いする。こうすることでリリムは微精霊を使役し、単身で魔物が住む森に入ることが出来るのだ。

指先を漂っていた微精霊が返事をするように光を明滅させると、ふよふよと前方へ進んで行った。どうやらルーゴの気配を近くに感じたらしい。

「意外とまだ近くに居るのかな？　よし、どうやってブラックベアを討伐するのか見せて貰《もら》いますよルーゴさん！」

リリムは微精霊の案内に従って森をどんどん進んで行く。道中で何度か近くに魔物が居たので迂《う》回《かい》しつつも、二十分ほど進めば微精霊がその動きを止めた。

「見つけた」

木の陰からリリムが頭だけを出して辺りの様子を窺《うかが》うと、森の中にぽっかりと穴が空くように出来た小さな草原の中心で、休憩中なのか座り込むルーゴの姿が確認出来た。

じっと息を殺して観察する。

しかし、ルーゴに動く気配はない。

一体何をしているのだろう、とリリムは怪訝《けげん》な表情で目を細める。

「ずっと座り込んでるけど……、寝てるのかな？」

「違うな。近くに人の気配がしたので警戒していたんだ」

「そうなんですね、意外と用心深いなぁ……って、うわぁッ!?」

いつの間にか隣にルーゴが居た。

「ちなみにあれは俺の残像だ」

「残像!? あ、本当だ！ すぅ～って消えていきます！」

「ところでリリム、お前はたった一人で何をしているんだ。魔物に襲われて怪我《けが》でもしたらどうするつもりだ。危ないからこっちへ来い」

「あ、はいぃ……、すみません」

呆《あき》れた様子のルーゴに手を取られてしまい、リリムは促されるがままに草原へと連れて来られてしまった。「俺と一緒に居ればいくらか安全だ」と言われ、その妙な説得力に言い返せなかった。

「もう一度聞くが、こんな森の中で何をしていたんだ？」

「あ、いえ……他意はないんですが、ルーゴさんがブラックベアの討伐に向かったと聞いて、ちょっと見学したいな～と思いましてですね」

草原の中心に来るとルーゴが手を離したので、少し苦しい言い訳をしながらリリムは適当なところに腰を下ろした。

「見学か、それなら残念だったな。もうブラックベアは倒してしまった」

「え、本当ですか？ 流石に早過ぎません？」

「本当だとも」

足元を見てみろ、と言われてリリムが視線を下に向けると、自分が腰を下ろしているところが、ぺちゃんこに潰れた魔物の死体の上だったことに気が付く。

「うわぁッ!?　ブラックベアの死体だあッ!?」

慌てたリリムがその場から飛び退《の》く。

足元に転がっていたのは確かにブラックベアの死体であり、おせんべいみたいに潰れて平たくなってしまっていた。一体何をしたらこうなってしまうのだろうか。

「ぶ、ブラックベアって王都の冒険者ギルドで危険生物に指定されてる魔物ですよ？　それを村から出てたった数十分の間に倒しちゃったんですか……？」

「まあな。しかし、危険生物と言っても奴らは頭が悪い。罠《わな》を張れば簡単に倒せる」

「罠？」

リリムが小首を傾《かし》げると、ルーゴはこれ見よがしに何かを放り投げた。

「キラービーの巣の欠片《かけら》ですか？」

「そうだ。ブラックベアは蜂の蜜が好物だからな。こうして蜂の巣を置いておき、その周りを【重力魔法】で覆えば即席の罠が完成する」

「はぁ、重力魔法。これまた強力そうな名前の魔法ですね」

「見学がしたいと言っていたな。せっかくだ、ブラックベアの討伐を見せてやろう」

ルーゴが放り投げた巣の欠片に向けて手の平を突き出すと、巣の周りがズンッと重たくなったのをリリムは感じ取った。心なしか空間が歪《ゆが》んで見える。さっきのブラックベアはこれに潰されたのかとリリムは一人納得した。

「離れるぞリリム。遠くから様子を見ていよう」

「わ、分かりました」

罠を設置した場所から少しばかり離れたところでルーゴと共に身を伏せる。五分も経《た》てば、茂みの奥から黒い毛皮をした熊型の魔物――ブラックベアが姿を現した。

強暴過ぎる性格と屈強な体格から危険生物とされている魔物であったが、好物である蜂の巣を見つけて思わず走り出すその姿を見て、リリムはなんだか愛《いと》おしく思えてしまった。

しかし、残念なことにその蜂の巣には重力魔法の罠が仕掛けられている。

『ベアアアアアアアアアアアアアッッッ!?』

「ああ……、可哀想《かわいそう》に」

好物に飛び付いたブラックベアはおせんべいみたいに平たくなってしまった。リリムは生命の儚《はかな》さを知って思わず涙する。隣のルーゴは兜を被っている為表情が分からない。

『ベアアアアアアアアアアアッ!?』

二匹目。

『ベアアアアアアアアアアアアアア!?』

三匹目と。

次々にブラックベアほいほいの餌食になっていく危険生物達。改めてルーゴが使用する魔法のでたらめな威力を知ったリリムは、今日は熊鍋かなと晩御飯の献立を考えるのであった。

◇◆◇

たった一人しか存在しないSランク冒険者――ルーク・オットハイドが不慮の事故で亡くなってから三ヶ月。その影響からか王都周辺では魔物による人畜の被害が急増していた。

「馬車が魔物に襲われた？」

「そうなの。シルフって魔物が集団で街道に出たらしいわよ。それで積み荷が全部盗《と》られちゃったんだって」

「そんな、これは弱りましたね」

急激に増える被害の影響は田舎のアーゼマ村にまで及んでいる。

村で生産出来ない物資等は王都からの取り寄せで賄っているのがアーゼマ村の現状だ。

その積み荷を載せた馬車が魔物に襲われたとあって、リリムは大いに頭を悩ませていた。盗まれた物資の中には、リリムが必要としていた薬草や薬品が含まれていたからだ。

「商売道具がなければ商売あがったりですよ。まさか薬品関係まで盗まれるとは……シルフめ、許せませんね」

「ハーマルさんが頼んでいた王都産のお饅頭《まんじゅう》も盗まれたらしいわよ」

「饅頭もかぁ」

どうやら饅頭も持っていかれたらしいがそれどころではない。

——薬師。

それがアーゼマ村でのリリムの立ち位置で、文字通り薬品を用いて人体に治療を施す職業だ。

他には薬の調合等も行ったりするのだが、薬草や薬品関係が全部盗まれてしまったので、このままでは薬師としての立場が危うい。

「ハーマルさん、お饅頭楽しみにしていたのにねぇ」

「毎回頼んでますけど、そんなに美味《おい》しいんですか」

「なんでも饅頭界隈《かいわい》のSランクらしいわよ」

「そんなに」

などと会話があらぬ方向に脱線していったところで、村の入口がにわかに騒がしくなった。

「む？　何でしょうか」

リリムが視線を向けると、人だかりが出来ているその中央、周りの者達より頭一つ分背丈の高い人物が視界に入る。真っ黒兜のルーゴだ。

「ルーゴさん、この騒ぎは一体どうしたんですか？」

「リリムか」

村の入口へと足を進めたリリムがそう尋ねると、真黒の兜が振り返ってこちらを捉えた。どうやら出掛けていたらしいルーゴの背後には大量の木箱が置かれている。これは何だろうとリリムが首

を傾げれば、

「シルフから積み荷を奪い返して来た」

「はっや」

らしかった。

馬車が魔物に襲われたとリリムの耳に伝わったのはつい五分前である。その盗まれた積み荷がもう目の前にあるとは、ルーゴの雷撃速攻には目を見張るものがあった。

「ルーゴさんったら馬車が予定の時間に来ないと聞いて、様子を見に行ってくれたの。それでシルフから盗まれたものを取り戻してくれたのよ」

「なるほど？　そうだったんですね。ルーゴさん、ありがとうございます」

「礼には及ばない」

村の為《ため》にここまでしてくれるとは。リリムもここは素直にお礼を言うことにした。

ただ、ルーゴへの警戒が解かれることはない。なにせその手からは簡単に村を滅ぼせるレベルの魔法が飛び出すのだから。

「流石ルーゴさんだぜ。取り返してくれてありがとよ！」

「ルーゴさんが居てくれたらこの村も安泰だわぁ」

「増える魔物に国もてんやわんやだからな。ルーゴさんだけが頼りだ」

村人達は相変わらずの様子だったが、その渦中に居るルーゴは少々浮かない様子だった。積み荷の方を一瞥《いちべつ》し、申し訳なさそうに呟《つぶや》く。

「取り戻した積み荷が少ない」

「へ？」

村人達が置かれた木箱の中身を一斉に調べ始めた。アーゼマ村に届けられる筈《はず》だった物資は確かにあるにはあるのだが、一部ここにない物があるらしい。

「ハーマルさんのお饅頭が見当たらないわ」

その言葉にまさかと思ったリリムも木箱の中身を調べてみると、頼んでおいた薬草や薬品が見当たらなかった。まさか注文し忘れたかと思ったがそうではないらしい。

「シルフ達をしばき倒して積み荷を返して貰ったが……、どうやら一部は隠していたみたいだ。おのれシルフめ、俺を謀《はか》ったな」

「あ、珍しくルーゴさんが怒ってうわぁッ!?」

瞬間、ビシッと地面に亀裂が入った。

魔法を使った気配はない。まさか気迫で地面にヒビを入れたのだろうか。

素っ頓狂な悲鳴を上げたリリムが視線を下げると、亀裂はルーゴを中心に走っていた。

「もう一度行ってくる」

言うが早いか、身を反転させたルーゴは、ゴゴゴという効果音を背景に村の出口へと向かって行った。一歩踏み出す度に地面へ小さな亀裂を入れながら。

「どうして付いて来るんだリリム」

「いや、また見学させて貰おうかと思いまして」

ルーゴの魔物退治にリリムも付いて行くことにした。

怒りの気迫で地面に亀裂を入れるルーゴが、何をしでかしてくれるか分からないからだ。

ただでさえ、とんでもない威力を誇る魔法に怒りが加われば、シルフだけでなくその余波で物資の入った木箱まで吹っ飛ぶかも知れない。

「そうか、まあいい。だがシルフはいたずら妖精と悪名高い魔物だ、絶対に俺から離れるなよ」

「分かりました。魔法で私ごと吹っ飛ばさないでくださいね」

「そんなことはしない」

ルーゴの許可も下りたので遠慮なく付いて行くことにする。

「しかし、シルフに積み荷が全て奪われてしまうとはな。馬車に護衛は付いていなかったのか？」

「商業組合が抱えてるCランク冒険者が数人護衛してたらしいですが、あえなく全員気絶させられたみたいですね」

リリム達が今歩いているこの街道は、アーゼマ村と王都を繋《つな》ぐ唯一の道だ。

魔物が出没するので通行の際には対魔物戦のエキスパートである『冒険者』と呼ばれる者達を護

衛に付けるのが一般的である。

彼ら冒険者にはランクという階級が存在し、百戦練磨の『Aランク』から下に続いて『Bランク』『Cランク』『Dランク』『Eランク』までの五階級がある。

Aランクの更に上に、国が個人で軍事的な戦力を持つと認めた『Sランク』という階級も存在するが、これはあくまで特例なので正式な階級としては数えられていない。

今回、馬車の護衛に付いていたのはCランク冒険者だったとリリムは聞いていた。彼らは決して弱くはないので、シルフが強かったと言う他ないだろう。

リリムの隣を歩くアーゼマ村の用心棒はそう思っていないようだが。

「Cランクしか居なかったのか。まだまだ半人前とはいえ、数人掛かりでシルフに後れを取るとは情けない。Bランクが一人でも居れば結果は変わっただろうな」

呆れた様子でルーゴが肩を竦《すく》めた。

「なんでもSランク冒険者のルーク様が亡くなってから、魔物が活性化して被害が急増してるらしいですよ。対処に追われる冒険者ギルドでは常に人材不足なんだとか」

「ルーク……か」

その名を聞いてピクリと意味深な反応を示すルーゴ。どうやら思うところがあったらしく、しばし思案するように兜の上から頬を掻《か》いていた。

「あれ、ルーク様のことが気になっちゃいます？　そりゃそうですよね、だって国の英雄ですもんね」

「英雄か。リリムはそいつのことを様付けで呼ぶが、そんな大したタマではないだろう」

「何を言いますか！」

ルーゴの発言に怒り心頭に発するリリムは、ルーゴの認識を正すべく、Sランク冒険者ルーク・オットハイドがいかに素晴らしい人間だったのかを語っていった。

いわく――竜を剣の一振りで倒してしまった。

いわく――たった一年で賞金首千人斬りを果たした。

いわく――天才的な魔法の腕を持っていた。

赤髪に深紅の瞳を持った魔法剣士にして英雄。

ルーク・オットハイドが王国に居る。ただそれだけで魔物は人間に手出し出来なくなり、無法者達は震えあがって犯罪に手を染めなくなった、とリリムはまるでおとぎ話のように語っていった。

「ルーク様は国中の憧れですからね。私もついぞ近くで声を聴くことすら叶《かな》わなかったですが、一度で良いから間近でお会いしてみたかったです」

「そうか」

「全っ然、興味なさそうですね。ルーゴさんも凄《すご》い魔法を持ってますが、きっとルーク様の方が強いし凄いですよ。だってあの天才魔術師オルトラム様の弟子ですからね」

「そうか」

ルーゴは全く興味なさそうだった。

口を開けば「そうか」とだけ言って頷《うなず》き、リリムと視線を合わせることすらせず、あらぬ方向に顔を向けている。そして、何故《なぜ》だか気恥ずかしそうに頭を掻いていた。

「何でルーゴさんが照れてるんですか」

「ん、いや、なに、そんなことはない。他人の武勇伝を聞いていれば、誰だって照れ臭くなるだろう。お、そろそろシルフの巣に着くぞっ」

「あ！　今、話を逸《そ》らそうとしました！」

「してない。そろそろシルフの巣に着くからしてない。あ、やめろリリム、服を引っ張るな」

話を逸らしただの、逸らしていないだのと、わいわいぎゃあぎゃあ騒がしい田舎村の村人が二人。

そんな彼らを遥《はる》か上空から見下ろす影が一つ。


「ふふふ、また来たね……、あの真っ黒兜の男。さっきはしてやられたけど、今度は罠もいっぱい用意してやったし、返り討ちにして泣かせてやるぞっと。ふっふっふ」

空を飛びながらケラケラと妖しく笑うのは、いたずら妖精と名高いシルフだった。

「よし、妖精王様に真っ黒兜が来たって報告して、さっそく迎え撃つ準備をしなくっちゃって……ぎえええええええええええええええええええ!?」

しかしシルフはその真っ黒兜に見つかり、あえなく魔法で撃ち落とされてしまった。悲鳴を上げながら上空からポテンと地面に落下すると、首根っこを摑《つか》まれて摘《つ》まみ上げられる。

「こいつにシルフの巣を案内させよう」

「うわっ、ルーゴさん鬼ですね」

「くっ、クソがぁ……」

◇◆◇

「こ、ここが私達シルフの巣でっす……」

「先ほども来たから知っている。俺はお前達の女王のところへ案内して欲しいんだよ。確か妖精王を名乗っているのだったな。奴が残りの積み荷を隠し持っているに違いない」

「ひ、ひぇぇぇ勘弁してくださいっすよぉぉぉ！」

街道をしばらく進んで西に逸れると、見上げるほど巨大な樹ばかりが立ち並ぶ『巨大樹の森』が姿を現す。一歩でも中へ踏み込めば、鬱蒼たる巨大樹が太陽を覆い隠してしまい、辺りはまるで薄暮のように暗くなる。

この森の奥へと更に足を進めれば、そこにシルフ達が暮らす巣が見えてきた。木々に覆われた巣の入口はツタで編まれたカーテンで遮られており、外からでは中の様子が分からない造りになっている。

その入口の前で、先ほどルーゴに撃墜され捕獲されたシルフは「これ以上は妖精王様に怒られるから勘弁してください」と首を横に振って泣き喚《わめ》いていた。

「ルーゴさん、なんだか可哀想です。もう放してあげませんか？」

シルフは幼い子供のような外見だ。しかし背中に二枚の羽を生やしているので間違っても人間の子供と見間違うことはない。

それはリリムも頭では理解しているのだが、いかんせんその見た目のせいで子供を泣かせているような罪悪感に胸を締め付けられてしまう。

たまらず解放してあげようと提案してみるも、ルーゴはシルフの首根っこを掴むその手を離そうとしなかった。

「騙《だま》されるなリリム、こいつはいたずら妖精だぞ。同情を誘うように泣いて見せるのはシルフの常《じょう》套手段《とうしゅだん》だ。内心ではほくそ笑んでいるに違いない」

「えぇ……。そ、そうなんですか？」

騙されるなと注意されたリリムがチラリと視線を送れば、シルフは祈るように手を合わせながら潤んだ瞳で上目遣いをしていた。ズキリと胸の奥が痛み、頬に冷や汗が流れてくる。

「やっぱり可哀想ですよぉ」

「ウオオオお姉さんは話が分かる人っすね！　私を放してくださいっす！」

「だから騙されるなと言っているだろう」

ルーゴがやれやれとばかりに溜息《ためいき》を溢《こぼ》し、おもむろにシルフの懐に手を突っ込んだ。その様子にギョッとするリリムだったが、懐から出て来たのが一枚の白い布だったので更にギョッとする。

「な、何をやっているんですかルーゴさん」

「これ、お前のパンツだぞ」

「は」

「これ、お前のパンツだぞ」

確認してみろと手渡された白い布。

広げてみると、確かにリリムが身に着けていた下着だった。

それが分かった途端にリリムの顔面が茹《ゆ》でタコのように赤くなった。

「シルフお得意の【窃盗魔法】だな。これで理解しただろう。シルフは同情を買いながらこんなことをするんだ。恐らくは、油断するお前を材料に隙を作って逃げようとしたのだろう」

ギクッとシルフが身を震わせる。リリムはそれを見逃さなかった。

「こいつ今日の晩御飯にしてやりましょう」

「だあああああ!?　すいません！　もう二度としませんからああああああ！」

ルーゴに首根っこを摑まれたまま空中でシルフが器用に土下座する。この謝罪も心からのものではなく、この場を見逃して貰う為だけのものなのだろう。

下着を穿《は》き直すので見ないでくださいね。見る訳ないだろう。そんな一幕を挟んで、リリムがもう騙されないぞとシルフにでこぴんをかまし、ずいっと顔を近付けて微笑《ほほえ》みかける。

「晩御飯にされたくなければ、女王のところへ案内してくれますね？」

「は……はひっ」

ここからリリムとルーゴの進撃が始まる。

まず、ルーゴが入口のカーテンの前にシルフを突き出し、巣の中がどうなっているのかを吐き出させた。リリムはそんなルーゴの背後にぴったりとくっ付いて身を守る。

「ま、まず……、カーテンを潜《くぐ》るとすぐに落とし穴がありまっす。ちょっと前に巣を襲撃したルーゴさんを警戒してのことですね。落とし穴の周りには我らがシルフの精鋭部隊がわんさかでっす」

「面倒だ。まとめて吹き飛ばそう」

言ってルーゴが左の掌《てのひら》を構えた瞬間、巣の入口がカーテンもろとも魔法で吹き飛んだ。

入口の前で待機していたのであろう、武器を構えたシルフ達が爆風に攫《さら》われて森の奥へと消えていく。あわれ、巣の入口は文字通り更地となった。

「だああああ!?　精鋭部隊があああああああ!?」

「綺麗《きれい》になったな。よし、進もう」

「馬車を襲った罰ですね」

既に機能していない落とし穴を避けて進んで行く。

シルフは人間と違って建造物はほとんど作らず、自然をそのまま自分達が居心地の良い空間に仕立て上げているようだった。

ふと巨大樹に視線を向ければ、木々に窓や扉が設置されていることにリリムは気付く。樹洞を住まいとして用いる動物は多々居るが、どうやらシルフも似た生態系をしているらしい。

「ぎゃあああああ！　人間がまた襲撃して来たぞおおお！」

「さっきの真っ黒兜だあ！　逃げろおおおお！」

「助けてくれえええええ！」

「精鋭部隊は何をしているんだ！」

「さっき皆まとめて吹っ飛ばされてました！」

「もう終わりだぁ、お終《しま》いだぁ……」

入口が突如として爆撃され、精鋭部隊を失ったシルフの巣は阿鼻叫喚《あびきょうかん》の地獄絵図だった。

ルーゴの姿を見て逃げ出す者、泣き喚く者、慌てたせいか自分で自分の罠に引っ掛かる者とてんやわんやの大騒ぎ。あの真っ黒兜怖いよなぁとリリムはどこか同情してしまう。

「隙ありッ！」

「あっ！　ルーゴさん危ない！」

中には武器を持ってルーゴに立ち向かう勇敢なシルフも居たが、

「俺とやる気か？」

「あ、すいません。間違えました、何でもないです」

真黒の兜の隙間から覗く目に睨《にら》まれると、平謝りしてどこかへ飛び去ってしまった。

ルーゴに捕らえられているシルフは「見捨てないでえええ！」と泣き叫んでいる。

あまりにあんまりだった。

ルーゴに掛かれば悪名高いシルフも逃げ惑うことしか出来ないのか。リリムはその強さの認識を新たにする。本当にとんでもない奴がアーゼマ村に来たもんだと。

「あ、ここが妖精王の間っすね」

二十分ほど歩くと、リリム達の行く手を再びツタのカーテンが遮った。

捕らえたシルフの話では、これを潜った先に件《くだん》の妖精王が居るらしい。

通常のシルフ達は巨大樹をくり抜いて作った樹洞を住処《すみか》としているようだったが、妖精王の間と言われたそこは、石材を用いた建造物であった。魔物でありながらも、シルフは石を加工する技術を持っているらしい。

「罠はあるのか」

「は」

「罠はあるのか」

カーテンの前に突き出したシルフにルーゴが問い質《ただ》す。

入口に罠があったのだから、ここにも勿論《もちろん》あるのだろうとばかりに。

「ないっす。ここ神聖な場所っすから。ないっす……へへ」

へへ。

溜《た》まらず漏れ出したその含み笑いに、リリムですらこりゃ罠あるなと確信するに至る。それはルーゴも同じだったようで、入口の時と同じく左の掌を突き出した。

「待って待って待って！　ごめんなさい嘘《うそ》言いました！　ある！　罠あるから吹き飛ばさないでええええええ！」

「罠があるのなら、なおのこと吹き飛ばすだろう」

ですよね。

言うが早いか魔法が妖精王の間に襲い掛かった。

「だあああああああ!?　妖精王様ぁあぁあああああああああああ！」

シルフの悲鳴をもかき消す大爆発。

入口のカーテンは吹き飛ぶというより粉々になり、魔法に見舞われた妖精王の間は爆炎に包まれた。やがて爆風と共に土煙が引いて行き、あわれ更地となった神聖な間が姿を現す。

「ほう、今ので吹き飛ばないとは……、やるな妖精王」

顎に手を当てて呟くルーゴの背からリリムが顔を出すと、妖精王の間の中央で一つの小さな影が倒れていた。

その影は魔法で消し飛びはしなかったものの、ビクンビクンと体が痙攣《けいれん》を起こしており、息も絶え絶えと既に瀕死《ひんし》の状態であった。あの様子に対して『やるな』と評価を下すルーゴはいかがなものかとリリムは他人事《ひとごと》のように思う。

「いったぁ～～い！　何すんのよ！　この真っ黒兜！」

倒れていた影が起き上がり、ぷんすかとこちらに怒りをぶつけ始めた。ルーゴの魔法に耐えるとは思わなかったリリムは驚愕《きょうがく》に目を見張る。

「そんな！　ルーゴさんの魔法が効かないなんて！」

「ふふふ……、あったり前でしょ！……ゴフッ。なんてったって……、あたしは、妖精王ティーミア……なんだからね……ゴハッ！」

「いや、割と致命傷ですね」

口から血反吐《ちへど》を撒《ま》き散らす小さな少女は自身を妖精王ティーミアと名乗り、橙色《だいだいいろ》の髪を揺らしながら大げさに手を胸に当てた。吐血しながら。

同じ女性であるリリムが見ても綺麗だと思わせる端麗な容姿をしていたが、表情を青くさせながら吐血するその様子はなんだか見るに堪えない。可哀想とすら思えて来る。

「妖精王様！　無事だったんでっすね！」

「あたしのどこを見て無事とか言ってるのよペーシャ！　死ぬかと思ったわ！」

ルーゴの手から逃れたシルフ――ペーシャがティーミアのもとへ走って行った。

「まったくこれはどういうことなのよ！　あんたが真っ黒兜を誘導して罠に引っ掛ける手筈《てはず》だった

でしょ！」

「それが捕まっちゃったんすよぉ〜。許してくださいでっす」

「な〜にやってんのよこの馬鹿ちん！」

なにやら子供の喧嘩《けんか》を見ているようで微笑ましいが、リリムはそれよりも気になることがあった。

それは先ほどまで瀕死の状態であったティーミアが、今では血気盛んに隣のシルフへ捲《まく》し立てていることだ。


「傷が、治ってる？」


青ざめていたティーミアの顔色に血の気が戻ってきている。吐血する様子も既にない。ルーゴの魔法で負った傷も何故だか完治していた。

まさかシルフにこんな特性があったとは。

リリムがルーゴに視線を向けると、意図を察したのか首を横に振った。

「俺が知る限り、シルフにそんな能力はない。これはあの妖精王ティーミアとやらが持つ固有の能力だな。だが、まあいい」

妖精王の間へと足を進めたルーゴがティーミアの前に立った。

隣に居たペーシャというシルフは体を竦ませてどこかへ飛び去って行ったが、肝心のティーミアはルーゴを前にして一歩も引かず不敵に笑ってみせていた。

「っは！　そうよ、ご明察。あたしは『妖精王の加護』を持つ選ばれたシルフ！　どんな傷を負っても大したダメージにならないわ。つまりあんたの魔法なんて怖くない訳よ」

「なるほどな。だが、その能力があって助かったよ。盗んだ積み荷の在《あ》り処《か》を吐かせる前に死なれては困るからな」

「あんたねぇ！　もっと驚きなさいよ！」

ルーゴとティーミアの視線が交差する。

何故か妖精王の間がゴゴゴと唸《うな》って揺れ始めたので、リリムは入口の隅っこに隠れて様子を見守ることにした。実力者同士が交わると周囲にも影響が出るのだろうか。

「妖精王ティーミアとやら。お前を叩きのめして積み荷の在り処を吐かせる前に、一つだけ聞きたいことがある」

「あ？　何よ。あたしもあんたをボッコボコにする前に聞いてあげるわ」

「人間の物資を奪って何をするつもりだ？　あの中には武器や薬品等もあった筈だが」

確かに、とリリムは思った。

シルフが巨大樹の森で生活する上で、積み荷の中にあった武器や薬品は必要ない筈だ。それで今まで生きてこられたのだから。それもご丁寧に隠していると来た。余程それらが欲しかったのだろうか。

「戦争を起こすのよ」

「なんだと？」

ティーミアの口元が妖しく歪む。

「鬱陶しいSランク冒険者ルーク・オットハイドが死んだ今！　時代の風向きはあたし達シルフに向かって吹いているわ！　武器をかき集め戦争を仕掛ける！　人間に取って代わり、シルフの時代を起こすのよ！」

「魔王にでもなるつもりか？」

「その通り！」

言ってティーミアがルーゴの兜に指先を突き付けた。

Sランク冒険者の死はここまで歪みをもたらすのだろうかとリリムは眉を顰《ひそ》める。魔物による人畜の被害だけでなく、人間に取って代わって魔王になろうとする者も現れるとは。

「それが出来るだけの力をあたしは持っている！」

と、ルーゴに突き付けられていたティーミアの指先が突如として、入口付近で身を隠していたリリムへと向けられた。

「なッ!?」

気付いた時にはもう遅い。

驚き、狼狽《ろうばい》した様子で身を引っ込めようとするリリムの胸が淡く発光し、光の玉のようなものが

浮かび上がってくる。

「あたしの窃盗魔法は、敵の魂さえも奪い盗るッ！」

指先をくるりと振るえば、光の玉——もといリリムの魂がティーミアに奪い盗られてしまった。

抜け殻となったリリムの体はまるで糸の切れた操り人形のようにカクンとその場に崩れ落ちる。

「ほう、大したもんだな。だが、お陰で人目がなくなった、これで俺も自由にやれる」

「はぁ？　あんたも今すぐあの小娘みたいになるんだっつーのッ！」

再び指先をルーゴへと戻したティーミアが窃盗魔法を撃ち込む。

しかし、ルーゴは何事もないといった様子で真黒の兜に手を掛けた。

「やめておけ、そういった魔法は自身より優れた魔力を持つ者には効果はない」

「は、はあッ!?」

目に見えて驚愕を表情に浮かべたティーミアは何度も何度も指先を振るった。だが、ルーゴに窃盗魔法の効果が表れる様子はない。

「ティーミア、お前は先ほどSランク冒険者ルークが死んだと言ったな」

「そ、そうよ。だからあたしは戦争を起こすのよ！」

「今なら人間に勝てる。そう考えたのなら早計だったな」

戦争を起こす。その発言を鼻で笑ったルーゴが、真黒の兜を取り外した。

「う、嘘……ッ」

ルーゴの素顔を見たティーミアの顔から血の気が引いていく。

彼女は先代のシルフの長から言い聞かされていたのだ。人間の中には絶対に手を出してはならない者が居ると。魔物の天敵である冒険者。その頂点に立つ男。

「俺がそのルークだ」

投げ捨てられた兜の金属音がけたたましく響く。先ほどまで戦争が、魔王が、と喧《やかま》しかったティーミアの口が閉じ、妖精王の間が恐ろしく静かになった。

「リリムの魂、そして積み荷は返して貰うぞ」

# 第2話　実力差

衝撃音が巨大樹の森に響き渡る。

何事かとシルフ達《たち》が視線を向ければ、妖精王の間から二つの影が上空へと飛び上がった。

一方は血反吐《ちへど》を撒《ま》き散らかし、苦痛に表情を歪《ゆが》める妖精王ティーミア。もう一方はそんなティーミアの頭を鷲摑《わしづか》みにしている赤髪の青年ルーク・オットハイドだった。

「どうした魔王、そんなものか」

「っく！　こんなもんじゃ――」

ティーミアの返答を待たずしてルークが腕を振るえば、先ほど魔王になると豪語していた妖精王は、遥《はる》か後方の巨大樹へと叩《たた》き付けられる。

その光景に啞然《あぜん》としていたシルフ達はふと我に返り、一斉にその場から逃げ出した。

巨大樹の幹が叩き付けられた衝撃で折られ、シルフの巣へと倒れてきたからだ。

「――ぐぁッ！　くっそ、あんの馬鹿力！」

ティーミアは幹に叩き付けられるとすぐさま地面へと降り立ち、体勢を立て直して両腕を突き出し魔力を放出する。すると突風が巨大樹を突き上げた。

シルフが窃盗魔法の他にもう一つ得意とする【風属性の魔法】だ。

「ぐぬぬぬぬぬ！　くっそぉおお！　このままじゃ、あたし達の巣が潰れちゃう！」

両腕に力を込めて風魔法に魔力を込めると、それに伴って巨大樹を突き上げる風がその力を強めた。しかし風は巨大樹を支えるには至らず、徐々にシルフの巣へと落下する速度を高めていく。

「随分と辛《つら》そうだな、魔王」

「なッ、ルーク……ッ!?」

いつの間にか隣に居たルークが「手伝ってやろうか」と巨大樹に手をかざした。

瞬間、炎の槍《やり》が周囲を紅に染めながら射出された。一直線に伸びる槍は、やがて標的に突き刺さると巨大な爆発を引き起こす。その威力は巨大樹を一瞬にして灰にしてしまうほどだった。

シルフの巣への脅威が消え失《う》せ、ティーミアが風魔法を解くとその余波で灰が上空にばら撒《ま》かれる。

「はぁ……はぁッ。何考えてんのよ！　あんたの仲間も巣の中に居るのよ！　馬っ鹿じゃないの！」

「だから魔法で消し炭にした」

目に見えて疲労困憊《ひろうこんぱい》し肩で息をするティーミアとは対照的に、あれほどの威力を誇る魔法を使用したルークは呼吸すら乱していない。

深紅の瞳がティーミアにじっと照準を合わせている。

決して逃がしはしない。そんな気迫が感じられた。

「お前が持つその妖精王の加護とやら、どうやら傷は回復しても体力までは戻せないようだな」

「はぁ？　だから何なのよ、あたしにダメージがないのは変わらないじゃない！」

ティーミアが精一杯強がってみせるのは妖精王を名乗っているプライドからか。しかし相手が相手。国の英雄ルークと対峙《たいじ》しているティーミアのその姿は、まるで大人に喧嘩《けんか》を売る生意気な子供のよう。

「ダメージがない……か。このまま相手にしていたら疲れるだけだな」

「じゃあさっさと死ねッ！」

既に余裕を見せ始めたルークの隙を突くようにしてティーミアが肉薄する。強大な威力を誇る魔法を発動させないつもりの速攻。

腕に纏《まと》わせた風の刃《やいば》を顔面目掛けて突き上げる。が、ルークは首を傾けるだけで簡単に回避してしまう。かすりもしない。

「こんの！　避《よ》けるんじゃないわよ！」

「攻撃を当てたいのならば、二撃目、三撃目と次の手を常に意識しろ」

渾身《こんしん》の一撃が空を切り、体勢を崩したティーミアの喉元にルークの掌底が打ち込まれた。細く空気が漏れると同時に、ルークの拳が腹部に追撃を加える。

「がはッ!?」

「魔王を名乗るには、明らかに経験不足だな」

ルークの追撃は止まらない。

内臓を打たれて咳《せ》き込むティーミアの腹に蹴りが繰り出された。あまりの衝撃に体が遥か後方へと飛ばされてしまう。

「ま、また吹っ飛ばしやがって！　何度も何度も叩き付けられてたまるかってんのよ！」

衝撃に飛ばされながらもティーミアは風魔法を操って勢いを殺していく。そして羽に力を込めて空中で体勢を立て直した。

初手では頭を鷲掴みにされ、訳も分からずそのまま後ろの巨大樹に叩き付けられてしまったが、一度受けた攻撃ならまだ対処は出来る。

「……くそ。あんな化け物どうしろってのよッ」

上空へと飛び上がり、宙に身を留《とど》めながらティーミアはしばし考える。

恐ろしいのはルークの多彩な魔法だ。

ルークが魔法剣士と呼ばれていることはティーミアも知っていた。変幻自在に魔法を操り、敵を翻弄しつつ一撃で斬り捨てるとかなんとか。実際に相手をしてみて、その手数の多さに驚かされてばかりだ。

身体強化の魔法を使い、こちらの体を簡単にぶっ飛ばす異常な力。

巨大樹を一瞬で焼き尽くす炎の魔法。

瞬時に移動するのは風の魔法か。

シルフが誇る窃盗魔法すら受け付けない魔法耐性。

そして魔法のみならず体術まで使用してくる。

気付いていないだけで他にいくつも魔法を併用しているに違いない。ティーミアはこの男をどこからどう崩せば良いのかまるで分からなかった。剣を持っていないことだけが唯一の救いだろうか。

何をしてくるか分からないという怖さがルークにはある。

こちらから接近するのは自殺行為だろう。

「だったらこんなのはどうよ！」

空に身を留めたままティーミアは手を掲げて風魔法を行使する。

ルークは恐ろしい相手だが、ただの人間だ。逆にシルフは宙を自在に飛び回れる羽を持っている。

「上空から攻撃してれば、手も足も出ないでしょ！」

種族の差を突く。これがティーミアの出した答えだった。

しかし、次の瞬間にはその考えが浅はかだったと思い知らされる。

「なッ!?」

突然、体が重たくなったのだ。

鉛でも背負ったかのように重心が崩れ、抵抗もままならないまま地面に叩き付けられてしまう。

何が起きたのかまるで分からなかった。

そして、遅まきながら理解する。

「まさか、重力魔法!?」

自分が受けた魔法の正体を。

重力魔法は星が持つエネルギーを自在に操るという無茶苦茶な高等魔法だ。ティーミアも人間が持っていた書物でしかその魔法の存在を知らない。

限られた者にしか使えない魔法。その中でも更に限られた者にしか使えない高等魔法。

それが今、ティーミアの体を壊していく。

「うぎぎぎぎぎ……ッ」

地面に叩き付けられてもなお、重力魔法が解かれる気配はない。

潰されまいと立ち上がろうとしたティーミアが腕を伸ばすと、簡単に骨が折れてしまった。それほどまでの加重が体に伸《の》し掛かっている。

起き上がれない。

まずい。非常にまずい。

「はぁ……はぁッ!　殺される、殺される……ッ!」

全身が悲鳴を上げている。

ティーミアが持つ『妖精王の加護』は身体能力を強化するというもの。筋力、魔力は言わずもがな、自然治癒力までも上昇する為《ため》、この加護は過剰なまでの回復力を誇る。だが、加護を持つ本体の死を無効化出来る訳ではない。死んでしまえばそこまでなのだ。

加護の回復力を上回る速度で体を壊されれば死ぬ。

「く、くっそォ！　こんな、こんなところでッ！」

巣はすぐそこだが助けは望めない。

シルフで一番強いティーミアが手も足も出ないのだから、他の誰がルークに対抗出来るというのだろう。シルフ達が束になったところで敵《かな》いはしない。

今、こちらへゆっくりと歩を進めるあの男、ルークには誰も勝てない。

「苦しそうだな。魔法を解いてやろうか」

「だ、誰がそんなこと頼んだのよ……ッ！」

思わず強がってしまうが、力の差は既に理解していた。

もう眼前へと迫って来ていたルークとのどうしようもない力の差。立っている場所が違うのだ。

遥か高み、雲の上の存在。それがティーミアとルークの差だ。

ルークがこちらに手を向けてくる。

ティーミアはビクリと体を震わせた。重力魔法のせいで逃げることは出来ない。

あの手から魔法を一つ放たれただけで、ティーミアはこの世から消し飛んでしまうだろう。シルフの巣もそうだ。すぐに消される。あの人間の英雄に全員殺される。

「ぐ、くぅぅぅ……」

何がいけなかったのだろうか。

強力な加護の効果で自分自身を無敵だと勘違いしたことか。人間側の主戦力が落ちたと早とちりし、自分が主権を取って魔王になろうなどと浅はかな考えを持ってしまったことか。戦争を起こそうとしたことか。はたまたルークと戦ってしまったことか。

悔しさからか涙が溢《あふ》れてくる。

すると、

「少しは反省出来たようだな」

ルークが魔法を解き、ティーミアの全身を蝕《むしば》んでいた重力が消え失せる。

「かはっ！　ゴホッ……ごほっ！」

魔法から解放され、息を吹き返したように体が呼吸を求めた。

息をつく余裕すらなかったことを今更ながら理解する。

もはやティーミアにはルークを睨《にら》み付ける気力すらなかった。今は重力魔法から解放された安堵《あんど》感《かん》しかない。意識が朦朧《もうろう》としている。本当に死ぬかと思った。

「ティーミアと言ったか。まだ喋《しゃべ》れるか？」

「な、なんとか……」

「そうか」

ルークが地面に這《は》いつくばるティーミアの横にしゃがみ込む。目の前に無防備な敵が横たわっているというのに、ルークからは既に敵意のようなものは感じられなかった。

魔法から解放され、妖精王の加護の効果もあってティーミアの表情に生気が戻ってくる。お陰で朦朧としていた意識も回復し、まともな思考も戻ってきた。

だからティーミアは疑念を持つ。

どうしてルークは魔法を解いたのだろうかと。

「な、何で重力魔法を解いたのよ。そのまま圧《お》し殺せば良かったじゃない」

何故《なぜ》、敵を助けるような真似《まね》をしたのだろうか。そう問えばルークは視線をこちらに合わせたまま口を開いた。

「お前には一つ答えて貰《もら》わねばならないことがあったんだ。先ほども聞いたが、もう一度聞くことにする」

ティーミアが小首を傾《かし》げると、ルークは続けた。

「積み荷を奪って何がしたかったんだ？」

ティーミアは一瞬ルークが何を言っているのか分からなかったが、呆《あき》れたように鼻で笑って返事を戻した。

「それこそさっきも言ったでしょ。戦争を起こす為って」

「違う、その先のことを聞いている」

「その先……？　ま、魔王になる為？」

質問の意図が分からず、ティーミアは思わず疑問で返答してしまう。

そんなティーミアにルークは深く息を落とし、再度聞き返してくる。

「言葉を変えよう。何故、戦争を起こして魔王になる必要があったんだ？」

「そ、それは……」

――シルフを守る為だった。

ここ最近、魔物が活性化している。

理由は単純にSランク冒険者が居なくなり、人間側の魔物に対する勢いが衰えたからだとティーミアは考えていた。

シルフは魔物ではあるが、魔物に襲われない訳ではない。魔物と魔物の間でも戦いは起きる。故に魔物が活性化すると、それだけシルフという種族の存続が危うくなるのだ。

初めこそ妖精王であるティーミアが先頭に立って交戦していたが、強力な魔物が次々に出てくるので、状況は次第にティーミア一人ではどうにもならなくなっていった。

人間側にも『協力して魔物をどうにかしよう』と何度か交渉を行ったが、返って来たのは門前払いだけ。そして武器も向けられた。

だから戦争を起こすのだ。

弱いくせに数だけは多い人間。その戦力を有効活用しようとしない王国を堕《お》として実権を握り、否《いや》が応《おう》でも魔物と戦って貰う。人間に戦わせればシルフはこれ以上傷付かないのだから。

ティーミアはこれまで何度か人間と戦ったことがあるが、一度として負けたことはない。そうだ。

妖精王の加護を持つ無敵の自分なら、Sランク冒険者を欠いた今の人間に負けることなどあり得ない。

だからティーミアは王国を堕として魔王になると言った。

その目的は単純。

「巣の仲間を守る為よ」

それが理由だと、ティーミアはルークと目を合わせる。

「なるほどな。仲間を守る為に、戦争は致し方ないと。だが、考えが甘いんじゃないか？」

「あ、甘い？」

「お前は戦争を起こすと簡単に言うが、負けた時のことを考えたことはあるのか」

そう問い掛けたルークが空に向かって指を差した。

ルークの指先を視線で追ったティーミアは目を見開く。

小さな影がこちらに向かって来ている。

「うおおおおお！　妖精王様！　お助けに来まっしたよ！」

ペーシャだった。その後ろには武器を手にしたシルフ達が大勢居る。

「さあ皆！　力を合わせて妖精王様を救い出すっすよ！」

「やったれやったれ！」

「覚悟しろよ真っ黒兜《かぶと》！」

「妖精王様に手を出すな！」

「さっきはよくもやってくれたな！　精鋭部隊を舐《な》めるなよ！」

ティーミアが劣勢だと知って駆けつけてくれたのだろう。ペーシャを先頭に、羽に風を纏わせたシルフ達が上空から急降下してくる。

「ちょ、あんた達なにやってんのよ！　あたしが勝てなかった相手に勝てる訳ないじゃない！」

やめてくれとティーミアは叫ぶ。シルフ達が束になろうとも、このルーク・オットハイドには誰も勝てない。全滅する。全員、殺される。

「あれ？　というかあいつ、真っ黒兜じゃなくない？」

「誰だ、もしかして別人？」

「別人じゃないでっす！　あいつはルーク・オットハイド、真っ黒兜の正体っすよ。私、兜を脱ぐところを見てまっしたから分かるっす！」

「げげげ！　ルーク・オットハイド!?　死んだんじゃなかったのか！」

「だからどうした！　相手がルークでも妖精王様を助けるんだよ！」

敵が人間の英雄だと知っても、ペーシャ達は速度を緩めることなくティーミアのもとへと向かってくる。シルフの皆がティーミアを助けようとしている。

「戦争に負ければ、あれを全て失うぞ」

隣のルークがそっと告げた。

それが嫌だったからティーミアは巣の仲間を守ろうと、戦争を起こそうとしたのだ。けれどもそれは人間達に勝てるという前提の話。負ければ全てを失うとルークは言っている。

「じゃあ、どうすれば……ってきゃあ!?」

言い終える前にルークがティーミアを抱きかかえてその場から飛び退《の》いた。

ペーシャ達シルフは距離を取られたと目に見えて焦りを募らせる。

「ぎえええええ！　妖精王様が攫《さら》われちゃったっす！」

「待てルーク・オットハイド！　妖精王様をどうするつもりだ！」

「まだ嫁入り前なんだぞ！」

シルフ達は慌てて急旋回し、再び羽に風を纏わせてルークを追いかける。しかしルークはシルフ以上の速度で巨大樹から巨大樹へと飛び移って距離を離していく。

「ちょっとあんた！　なんのつもりなのよ！」

どうしてシルフ達から逃げ回る必要があるのか、理解出来ないティーミアはルークを問い詰める。この男は本気を出せば、追い掛けてくるシルフ達を一瞬で塵《ちり》に出来るだろう。それをしようとしない真意がまるで分からなかった。

追ってくるシルフを引き離したルークがティーミアを抱えたまま木陰に身を隠す。

ティーミアは放せと腕の中で暴れるも、ルークは絶対に放そうとしなかった。逆に手を摑《つか》まれて身動きを封じられてしまう。ますます訳が分からなかった。

「なんなのよあんたは！　あたしを止めたければ今すぐ殺せば良いでしょ！」

「殺すつもりはない。お前達を見て気が変わった」

「気が変わったってどういうことよ。あたしを殺さないとまた戦争を起こそうとするわよ」

「殺して欲しいのか？」

ルークの赤い目に睨み付けられ、ティーミアはビクリと肩を震わせる。その様子にルークは呆れたような顔をしていた。

「大方、自分の命と引き換えに巣の仲間には手を出さないでくれ、とでも言うつもりだったんじゃないのか？」

今度は別の意味でティーミアは肩を震わせる。

「図星か」

ティーミアが黙り込むと、ルークは溜息《ためいき》を吐《つ》いた。

「仲間を失いたくないのならば、戦争ではなく、どこか別のところへ移住するという選択肢はなかったのか」

「どこに安住の地があるかも分からないのに、森の外に皆を連れて行ける訳ないでしょ」

「安住の地か、それなら心当たりがある」

どこにそんな自信があるのか、言い切ったルークがティーミアの手を強く握った。

「アーゼマ村に来い。俺がお前達を守ってやる」

「はぁ？」

「これだけでは頷《うなず》けないか。ならばこれは交渉だ。魔物から守ってやる代わりに人間を襲うな。戦争なんて起こそうとするんじゃない。王都にはお前でも勝てない人間が何人も居るんだぞ」

「そ、そうなの？」

「ああ、そうだ。無謀が過ぎる。守るものがあると言うならば考えを改めろ」

取られた手。抱き寄せられた体。

シルフと人間の体格は全く異なり、ルークの手や体がとても大きく感じてしまった。種族差だけではない。人間の英雄という強さをティーミアはその身に強く感じてしまう。

この男の強さは前々から聞いていたが、身を以《もっ》てそれを知ってしまうと『お前達を守ってやる』の一言に酷《ひど》く安心感を覚えてしまう。

「あんた、本気で言ってんの？」

「ああ」

ルークが強く頷いた。

ティーミアは思わず押し黙り、考え込む。

人間相手に戦争を仕掛けるより、この英雄ルークを味方に付けた方がシルフをより良い未来に導けるのではないだろうか。もしかすれば、この交渉とやらに何か企てがあるのかも知れないが。

「本気で言ってるのなら、ちゃんと守ってよね」

「お前達シルフが人間を襲わないと誓うのならな」

「ふん、いいわ。交渉成立よ」

ティーミアはルークに取られた手を強く握り返した。

◇◆◇

シルフの巣での出来事から二週間が経過した。

リリムは妖精王ティーミアに魂を奪われてしまい、気を失っていたのでその後の出来事については何も知らない。聞いた話ではルーゴが妖精王を打ち負かし、奪われたリリムの魂と馬車の積み荷は無事に取り返すことが出来たようだった。

リリムを含めた村人達はルーゴの功績に大いに感謝しましたとさ。めでたし、めでたし。とはいかなかった。

「村長、今のアーゼマ村をどう思っていますか？」

「かわよいシルフちゃん達が来てから、前よりもっと良い村になったのう」

アーゼマ村に大量のシルフが住み着いてしまったのだ。

シルフから積み荷を返して貰ったまでは良かったのだが、まさかそのおまけにシルフ達が付いてくるとはまったくの想定外。

「う～ん美味《おい》しい！　この白くてもちもちした食べ物は何ていうのかしら！」

「あら～、気に入ってくれたのなら良かったわ。これはお饅頭《まんじゅう》っていうお菓子よ」

「見た目もなんか可愛《かわい》いし良いわね！　気に入ったわ！」

リリムが向けた視線の先で、馬車を襲ったシルフ達の長である妖精王ティーミアがハーマルさんとお饅頭の美味しさに浸っていた。

他に視線をやれば、

「ちょっとそこのシルフちゃん、この荷物を運ぶの手伝ってくれないかしら？」

「合点！　お任せくださいな！」

「シルフに伝わる秘伝のお肩もみもみはどうですかっ！」

「孫に孝行して貰ってるみたいで夢見心地じゃあぁぁぁ！」

「さっき村の近くで魔物を見たんだよ」

「魔物!?　大至急、シルフの精鋭部隊に調査させますよ！」

などなどと、シルフ達はこの二週間で思いの外アーゼマ村に溶け込んでしまっていた。村人達と協力して仕事に勤《いそ》しみ、村のお年寄りの介護を請け負ったり、魔物が出れば腕の立つシルフが調査に向かったりと、アーゼマ村は大変大助かりであった。

どうやら村長は『シルフと敵対するのではなく、むしろ協力関係を築けば互いにメリットがあるのでは』とルーゴに提案を受けたようだった。

「シルフちゃん達が村に来てくれて助かったわい」

そして、村長はその提案を受け入れたと。リリムはそう聞いていた。

確かにシルフと敵対し、街道を通る度にいちいち襲われていたら堪《たま》ったものではないが、その解決方法がこれで良いのかとリリムは少々疑問であった。

なにせ、馬車を襲って積み荷を奪った魔物がアーゼマ村を闊歩《かっぽ》しているのだから。

「あ！　リリムじゃん！　ちょうど良いところに居たわ！」

「うおっ」

饅頭好きのハーマルさんと饅頭談義をしていたティーミアがリリムに気付き、羽をパタパタさせてこちらに近付いて来た。一見、人間の子供のように小さいので愛らしく見えてしまうが、この魔物――妖精王ティーミアは以前にリリムの魂を魔法で奪っている。

なのでリリムは思わず一歩後退《あとずさ》ってしまうも、ティーミアはその分余計に踏み込んで顔をずいっと近付けて来た。

「リリム、ちょっとあんたに聞きたいことがあるんだけど」

「へ？　な、何でしょうか？」

「あんたってルーゴと仲良いわよね、あいつって饅頭好きかな？」

「さあ？　どうでしょうか。甘味が嫌いな人はそうそう居ないと思いますが、でもどうしてそんなことを聞いてくるんです？」

「ルーゴと一緒にこの美味しい饅頭を食べる為に決まってるでしょ！」

ティーミアがリリムの鼻先に指を突き付けてくる。

リリムは、目の前で両手に饅頭を持ったこのティーミアが、シルフの巣でルーゴにボコボコにされたと聞いている。その後、色々あってルーゴとティーミアは互いに協力し、最近どんどん活発化していく魔物に対抗していこうと取り決めをしたらしい。

何度も言うがティーミアはその時ボコボコにされている。そんなルーゴと一緒に饅頭を食べたいとは、一体どんな心境なのだろうと疑問に思う。

リリムなら一度ボコボコにされた相手には金輪際近付きたくないと思うのだが、ティーミアはどうやら違うらしい。

「決まってるでしょ、とは言いますがティーミアはルーゴさんにお仕置きされちゃったんですよね？　結構きつめに。ルーゴさんを怖いとは思わないんですか？」

「そりゃ怖いし頭に来るわよ。でもあいつはあたし達シルフを守ってくれると約束してくれたわ。その約束をより確かなものにする為に、シルフの長であるあたしはルーゴとより親密な関係にならないといけないの」

言って饅頭を手の平で転がしながら、ティーミアは得意気にふふんと鼻を鳴らす。

「もっとも〜っと仲良くなって、あたしと赤ちゃんなんて作ったら、ルーゴはもうシルフから逃げられなくなるでしょ？」

「赤ちゃん!?」

「そう、赤ちゃん。恋は仕勝ちって人間は言うんでしょ。ルーゴをメロメロにさせちゃうんだからね。この美味しい饅頭で」

「饅頭でかぁ」

どうやらティーミアはルーゴとの間に子供を作りたいそうだ。

彼女はシルフの長としてなどと言っていたが、先ほど『ルーゴって饅頭好きかな?』と熱心に聞いてきた姿は、色恋沙汰に右往左往する乙女に見えなくもなかった。どうも長としてではなく、個人的感情が含まれてそうな気がする。

しかし饅頭から始まる恋か、とリリムは眉を顰《ひそ》める。ロマンチックさも何も感じられないが、ティーミアがその気ならばリリムも止めはしない。魔物と人間の恋、とても興味がある。主に二人は種族の垣根を越えられるのかといった意味合いで。

仮に自分がそういった境遇になったと考えれば、やはり問題は多いだろうと思えた。

隣の村長はというと、

「ティーミアちゃんとルーゴさんの赤ちゃんか。もう少しで孫の顔が見られそうで嬉《うれ》しくなっちゃうわい」

そう言っているので村的には大丈夫なのだろう。

あとお前の孫ではない。

「まあ、ティーミアがルーゴさんにお熱なのは別に良いですけど。それはさておきですよ」

「さておかないでよ！」

「意外と面倒な性格してますね。さてティーミア、今日は何の日か覚えていますか？」

ルーゴとティーミアの今後の話は置いておき、リリムは指摘するようにティーミアの胸をつんと突いた。するとティーミアはきゅっと口を紡いで真剣な表情になる。

分かっているようでなにより。リリムは突き付けていた指を立て、確認するように説明する。

「今日、王都から視察の方々が来ます。アーゼマ村に住み着いたあなた達シルフが村に悪影響を及ぼさないか調査するのが目的です」

シルフ達がアーゼマ村に住み着いたという噂《うわさ》は瞬く間に広がった。田舎のおじいちゃんおばあちゃん達は噂好きで口が軽いのだ。

その噂好きの老人達のせいかはリリムには分からないが、どうやらシルフ達の話は王都に伝わってしまったようで、三日前に村長へ通達があったのだ。

――三日後、魔物と共存を選んだアーゼマ村へ、ギルドから視察の者を向かわせる。

要約するとそういうことらしかった。

届けられた通達からは『何』を『どのように』見るかは分からなかったので、ティーミア達シルフには下手な行動を取らないといった対策しか出来ない。

ただ、リリムは一緒に村で生活することになったシルフを見捨てることも出来ないので、手の届く範囲でティーミアに協力するつもりだった。

「ティーミア達シルフには、自分達の存在が人間達に有益であるとアピールして貰います。私も出来る限り協力しますので、ティーミアはシルフの長としてよろしくお願いしますね」

「分かってるわ！　あたしを誰だと思ってるのよ！」

「妖精王ティーミアですよね、知ってますよ」

「ふふん！」

得意気に鼻を鳴らしてティーミアは自信満々といった様子で胸に手を当てた。

ただ、その容姿がちっちゃこい妖精なので、意味もなく自信過剰な子供のように見え少し不安になってしまう。しかしティーミアはシルフ達の未来を考えて行動出来る子なのでその心配は杞憂《きゆう》なのかも知れない。

「さあ、あと少しで視察の方々が来ますよ。ティーミアも村長も長としてしっかりお願いしますよ」

「ほっほっほ。ワシひさびさに頑張っちゃうぞ」

「この饅頭で目に物を見せてやるわ！」

「その饅頭は別にアーゼマ村の特産品ではないので、しまっておいてくださいね」

王都のギルドからの視察が村にやってくるのは、太陽が空の真上に位置するお昼の時間帯。

ティーミアには自分達が有益な存在であると証明する為に励んで貰うとして、村長は髭《ひげ》が真っ白になるくらいのお年寄りなのでリリムもサポートしてあげたいのだが、いかんせん仕事があるのでこの二人の長には各々で頑張って貰うしかない。

そしてあと一人、人間とシルフを繋《つな》いだ重要人物が居るのだが。

「あれ、そういえば今日ルーゴさんを見てませんね」

「ルーゴなら視察の人が魔物に襲われたらいけないからって、村周辺の魔物狩りにちょっと行ってくるって言ってたわよ」

「ちょっと魔物狩りに行ってくるって、村人が言うセリフではないですね」

ルーゴはまた魔物狩りに勤しんでいるらしかった。

村の用心棒としては上等、しかし一人の村人としては結構おかしい行動なのだが、妖精王すら打ち負かすルーゴが魔物狩りに出向いているのなら、アーゼマ村に向かっている視察の者も魔物に襲われる心配は薄いだろう。

リリムはシルフの巣での一件以来、多かれ少なかれルーゴに信頼を寄せていた。完全に信用した訳ではないが、魔物ごと魔法で村を焼き払う真似なんてしないだろう。

放っておいても問題ないと考えたリリムは仕事に向かうことにした。

# 第3話 ギルドの調査員

――アーゼマ村への行路は順調、未《いま》だ魔物は見ず。

日記にペンを走らせてそう記し、ルルウェルは眼鏡を正した。

王都から馬車に揺られること既に四時間。目的地であるアーゼマ村はもう少しで見えてくるだろう。頬杖《ほおづえ》をついて窓から外を眺めれば、シルフが生息するという巨大樹の森が遠くに小さく見える。

「今更シルフの調査とはね、まったくギルドも調査員を酷使してくれるわね」

ルルウェルがアーゼマ村を目指すのは、最近何かと話題な『シルフ』という魔物を調査する為《ため》である。

彼女が身に纏《まと》う制服の左胸には、冒険者が集まるギルドの一員であることを示すバッジが付けられており、それが示す役職はギルドの調査員という肩書だ。

調査員の主な仕事は魔物の生態調査。

今回、ルルウェルが任せられた仕事は少し特殊で、魔物の調査というよりもシルフが住み着いたアーゼマ村の様子を見に行くことだった。なんでも人間と魔物が結託することになったのだとか。

「まあ今回の仕事はちょっとだけ興味をそそられるけど」

魔物の動きが活発化する昨今、こんなご時世に魔物と共存の道を選ぶ人間が居るとはなんとも感慨深い。

そんなルルウェルとは対照的に、対面に座る冒険者の男は少し違った考えを巡らせている様子だ。

「なあルルウェル、興味津々なのは良いがもしかしたらよ、アーゼマ村の村民はシルフ達《たち》に騙《だま》されてるのかも知れないぜ」

「ん、ガラムは何故《なぜ》そう思うの？」

「シルフと言えばいたずら妖精って悪名もある狡猾《こうかつ》な魔物だぞ。それだけで十分、疑いの余地があるだろ」

そう言ってガラムが怪訝《けげん》な表情で腕を組んだ。

彼はアーゼマ村に向かうルルウェルの護衛として馬車に同乗している。Cランク冒険者ではシルフに歯が立たない為、Bランク冒険者であるガラムに白羽の矢が立ったのだ。

「もし、シルフ共が僅かでも妙な動きを見せたらすぐに斬る、いいな？」

「問題はないのでどうぞお好きに」

まだアーゼマ村に到着していないのにも拘《かかわ》らず、ガラムが腰に差してある剣の鞘《さや》に手を掛けた。

物騒なことを口にしているがやる気は十分。どうやらガラムはAランク冒険者に昇格したいと成果を挙げたいらしい。

ルルウェルの護衛を引き受けてくれたのもそういう訳なのだろう。

「ガラム、窓の外をちょっと見て御覧なさい」

「あ？　なんだよ」

「よく見て。ほら、土煙がこっちに近付いて来てる」

ルルウェルが窓の向こうを指で差し示すと、そこには確かに何かしらの影が土煙を立てながら馬車の方へと近付いて来ていた。

ルルウェルが示す先を視線で追ったガラムは目を凝らす。

「まさかシルフか？」

それにしては影が大きい気がする。

というより影がとんでもなく大きい気がする。

地面を掘り進めるようにして進み、かつ猛スピードでこちらに近付いてくるその物体はワーム状の形をしていた。その正体に気付いたガラムは大慌てで御者に向かって叫ぶ。

「おいおい嘘《うそ》だろ！　ありゃデスワームだ！　御者の旦那、馬をもっと急がせろ！」

近付く魔物から逃れようと馬車がその速度を上げる。

しかし、気が付けば馬車の間近まで接近していた巨大な魔物――デスワームは、五十メートルを優に超えるその体を持ち上げた。

あまりの巨体にルルウェルは思わず目を奪われてしまう。

「で、デスワーム！　初めて見たわ！　こんな辺境の地にも居るのね！」

「言ってる場合か！　馬車を圧《お》し潰す気だぞアイツ！」

「ガラムこそ早くデスワームをその剣でどうにかしてよ！　その為の護衛でしょ!?」

「むりむりむり！　剣でどうにかなる相手じゃねぇって！」

身体《からだ》を持ち上げたデスワームが太陽を覆い隠し、馬車の上に巨大な影が差す。あの巨体が落下して来れば、馬車もろとも全員地面の染みにされるだろう。

「あ、これはもう駄目だわ」

早々にルルウェルが死を覚悟する。

まさか王都を出発したその日にこんな目に遭ってしまうとは。魔物が活性化しているとは知っていたが、馬車を走らせてまだたった数時間だというのに。ルルウェルは身を庇《かば》うようにして頭を伏せた。

「あれ？」

しかし、馬車はいつまで経《た》ってもデスワームに潰される気配がなかった。

「な、なにが……？」

急停止した馬車から飛び降り、先ほどまでとは打って変わって静かになった周囲を見渡すと、さっきまでこちらを圧し潰そうとしていたデスワームが地面に突っ伏していた。既に死んでいる。

「ガラム？　これはガラムがやったの？」

「いや、俺じゃねぇよ。あいつの仕業だ」

そう言ってガラムが指差したデスワームの頭上、そこに立っていた真黒の兜《かぶと》を被《かぶ》った男が魔物の頭から腕を引き抜いてこちらを振り向く。

「大丈夫かお前達、こんなところでデスワームに遭遇するとは運が悪かったな」

「あ、ありがとう」

見た目こそ怪しい男であったが敵ではない。

どうやらデスワームから助けてくれたらしい。

ルルウェルは安堵感《あんどかん》からかその場に座り込んでしまった。


「ここがアーゼマ村だ。デスワーム以外の魔物と遭遇しなくて良かったな」

「一言、ありがとうと言わせて貰《もら》うわルーゴさん。あなたのお陰で私は職務を全う出来るのだから。アーゼマ村への護衛まで引き受けてくれるなんて」

「礼には及ばない」

デスワームと遭遇したルルウェル達が再び馬車を走らせて数時間。

目的地であったアーゼマ村まで無事に到着したルルウェルは、デスワームから命を救ってくれた恩人である黒兜の男――ルーゴに頭を下げた。

魔物から救ってくれただけでなく、アーゼマ村までの護衛をルーゴは引き受けてくれたのだ。お陰で怪我《けが》一つなく村まで辿《たど》り着くことが出来た。感謝しかない。

ただ、ルルウェルの隣に居るガラムはどこか浮かない表情をしていた。

「こら、ガラム。むすっとしてないでお礼をなさい」

「う、うるせぇ、分かってるよ」

どうやらガラムはルーゴにお株を奪われてしまったとご機嫌斜めのようだった。Bランク冒険者としてのプライドが傷付けられたとくだらないことを考えているのだろう。

それにデスワームを簡単に倒してしまったルーゴは、アーゼマ村に住むただの村人だと言うのだから余計に機嫌を損ねてしまうのかも知れない。それは日々、魔物と戦って来たその腕がそこらの一般人に負けてしまったということなのだから。

「ルルウェル殿、こちらのご老人が村長だ」

「アーゼマ村へようこそおいでなさった、ギルドの方々」

「初めまして、村長様。私はギルドのルルウェルと申します。今日はどうぞよろしくお願いします」

ルーゴに案内されるままアーゼマ村の門を潜《くぐ》れば、さっそくとばかりに村長が出迎えてくれる。

そして、その隣に居る羽を生やした小さな子供が件《くだん》のシルフ、その長だろう。

「アーゼマ村へようこそお客人様！　あたしはシルフの長の妖精王ティーミアよ！」

「あら、随分と可愛《かわい》らしい長さんね。ティーミアちゃん、今日はよろしくね」

ティーミアと名乗ったシルフが両手を腰に当てて快活に挨拶をしてくる。

魔物の寿命なんてギルドの調査員であるルルウェルもそこまで詳しい訳ではないが、見た目子供にしか見えないこの女の子がシルフの長、ひいては妖精の王を名乗るのだから驚きだ。

後ろに居るガラムはそもそもシルフの存在を好ましく思っていないようで、ティーミアが挨拶の言葉を交わそうとした瞬間に剣の鞘に手を掛けていた。

ルルウェルはそんなガラムを注意しようかと思ったが、ルーゴが殺気を感じたのかいつでも割って入れるような位置取りをしたので押し黙る。

まるで武人のような振る舞いだった。

(このルーゴって人、何者なんだろう?)

ルルウェルはルーゴと出会った時からそれが気になって仕方がなかった。

今日はシルフが住み着いたアーゼマ村の調査という名目でここを訪れたのだが、ルルウェルは調査対象にルーゴも入れることにした。どうやら彼は妖精王ティーミアとも仲が良いらしく、

「ルーゴ、あんたもせっかくだから付いて来なさいよ」

「別に構わないが」

「どうせ暇なんでしょ?　あたしがエスコートしてあげるわ」

「別に暇ではないが」

「暇ってことにしておきなさい。ほらほら、あたしと手ぇ繋《つな》ぎましょ?」

そんな二人の様子を見てルルウェルは確信する。

アーゼマ村とシルフの仲を取り持った中心人物はルーゴに違いないと。

「ちょっと調べさせて貰うわね」

ルルウェルは小声で呟《つぶや》き、手を繋いで仲睦《なかむつ》まじい様子のティーミアとルーゴにじっと目を凝らす。

発動するのは『百計の加護』。

彼女が持つこの加護は、視界に入った生き物が持つ情報を調べることが出来る。

---

——ティーミア・ラタトイプ
・種族：シルフ
・加護：妖精王の加護

---

以上の情報がルルウェルの頭に収められた。

やろうと思えば身長、体重、年齢といった情報から、使用出来る魔法の種類や得意な戦闘方法、果ては好物から今日とった朝食まで探ることも出来る。だが今回その情報は余計なものなので調べはしない。加護持ちということだけ分かれば良いだろう。

妖精王の加護。妖精王を自称するだけのことはあるな、とルルウェル勝手に納得した。

次いで調べるのはルーゴだ。だが、

---

――ルー■・オ■■■イド
・■族：人■
・加■：不■鳥の■護

---

「なッ!?」

入って来る情報が唐突に遮断されてしまった。

ルーゴを調べようとした瞬間、頭に激痛が走って体が拒否反応を起こし始めた。頭に収まる筈《はず》の情報が断片的で何も分からない。頭痛。痛みがひどくて集中出来ない。

「ぐっ……くぅ」

激しい頭痛に膝から崩れ落ちそうになるも、いつの間にか隣に居たルーゴに体を支えられてしまう。端から見れば眩暈《めまい》を起こしたルルウェルの身を案じたルーゴが、ルルウェルの体をそっと支えたように映るだろう。だが違う。

ルーゴはルルウェルの耳元で小さく言った。

「余計な詮索はしないで貰おうか」

ルルウェルは頷《うなず》くことしか出来なかった。

◇◆◇

ルルウェルは自身が持つ『百計の加護』を使用しルーゴの情報を引き出そうとした際、頭に激痛が走り、貧血でも起こしたかのように倒れそうになってしまった。

恐らくは加護の効果をガードされたのだろう。

そんなことは初めてだったので、まさか加護の使用に失敗すると反動があるとは思ってもいなかった。そもそも加護が防がれること自体が想定外。

なおのことルーゴという男に興味を惹《ひ》かれてしまうが、今のルルウェルにそんな余裕はない。頭痛が治まらず、体がふらついて足元も覚束《おぼつか》ない。

「ちょっとあんた、顔が真っ青だけど大丈夫？　いや、大丈夫そうじゃないわね。とりあえずリリムのところへ連れて行ってあげるわ」

シルフを調べる為にアーゼマ村までやって来たというのに、そのシルフであるティーミアに心配されてしまう始末。我ながら情けないがここは甘えておこうとガラムの肩を借り、ルルウェルはアーゼマ村唯一の診療所へと案内して貰うことにした。

歩くこと数分、

「おいおい、ここ本当に大丈夫か？　さすが田舎だな」

「ちょっと失礼よガラム」

辿り着くや否やガラムの口調に困惑が交じる。

確かにルルウェルが運ばれたそこは、診療所と呼ぶには些《いささ》か外観が普通過ぎる家屋だった。

家の中からただの年寄り夫婦が出てきてもおかしくはない。むしろしっくりくる。

流石《さすが》は辺境の地の田舎村といったところか。王都の病院のように立派な施設や設備がある訳でもなく、経験豊富な医師が居る訳でもない様子。

しかし、中に入ってみれば漢方めいた薬草の香りが漂ってきた。

清掃の手もしっかりと行き届いているようで診療所の中は清潔に保たれている。

「リリム、居るか？　急患だ、ちょっと見てやって欲しい」

先に診療所の中に入っていたルーゴが呼び掛けると、二階からパタパタと階段を下りる音が聞こえてくる。

やがて姿を現したのは、年若い桜色の髪をした少女。

見た目はまだ十五か十六歳くらいで随分と幼い印象を受ける。

この女の子が村の医師だとでも言うのだろうか。

「おいおい、ここ本当に大丈夫なのか？」

「ちょっと失礼よガラム」

再びガラムが困惑を吐露すると、向かい合う年若い少女——リリムが表情をむっとさせて眉を顰《ひそ》めた。

「なんですかこの人、いきなり失礼ですね。確かに私は医師なんて大層な者ではないですけど、こう見えて立派な薬師なんですよっ」

表情をむっとさせたままリリムが胸を張る。

大層な者ではないと謙虚なことを口にしてはいるが、語尾の『っ』に薬師としての自信が大きく表れていた。張った胸も大きく主張しておりガラムの視線が吸い込まれている。

「ガラム殿、リリムは王都の薬師と比べても遜色ない腕を持っている。ルルウェル殿は彼女に任せて貰って問題ない」

「あ、ルーゴさん今良いこと言いましたね。そうです、そうです、ここは私に任せてください。ささ、ルルウェルさんでしたっけ？　どうぞ奥の方へいらしてください」

「俺達は外で待機している。頼むぞリリム」

「はいはい、任されましたよっと」

リリムに手を取られ、ルルウェルは為《な》すがままに診察室と連れて行かれてしまう。

見るからに年若く、未熟そうな印象を受けるアーゼマ村の薬師リリム。その腕前は同じ村の住民であるルーゴが王都の薬師と比べても遜色ないと言っていたので、ひとまずルルウェルは彼女に身を任せることにした。

「では安静にしてくださいね」

と、診察台の上に寝かされたルルウェルはリリムに視線を送る。それはリリムが何やら指を振るい始めたからだ。治療魔法でも使用するのかと思いきや、魔法を唱える気配はない。

何をするつもりなのだろうか。

ルルウェルがリリムの指先を注視していると、その指先が青く発光し始めた。いや、正確に言うなれば、青い光を瞬《またた》く小さな何かが指先に集まって来たのだ。

「微精霊様、この方の悪いところを私に教えてください」

青い光の正体。リリムはそれを微精霊と呼ぶ。

「まさか、もしかしてそれは加護の能力かしら？」

「はい、そうです。私は『微精霊の加護』を持つ薬師なのでした」

ちょっとだけ表情をドヤらせたリリムが続けて指を振るうと、微精霊がふよふよとルルウェルの方へ漂っていく。リリムの命によって、微精霊達はルルウェルの体の異常をきたす箇所へと集まった。

未だ頭痛が治まらぬ――頭へと。

「なるほど、頭が悪いと」

「言い方」

続けて微精霊達はルルウェルの胸元へ集まる。育ちが悪い、と言いたい訳ではないのだろう。人間が持つ魔力は心臓に近い場所で生産され、体中に供給されるとルルウェルは聞いたことがある。

これはつまり、

「魔力の流れに異常がありますね。それが原因で頭痛の症状が出てます」

「そこまで分かるの？」

「はい、微精霊様は結構優秀なんですよ」

役目を終えた微精霊達を手の平であやしながら、リリムは廊下に顔を向けた。

「ペーシャちゃん、六番と十七番のお薬を持って来てくださいな」

すると、廊下の奥から「はいっす！」と元気の良い返事が聞こえて来る。その後、数秒もしない内に診察室へと入って来たのは、羽を生やした小さな子供のような姿をした魔物――シルフだった。

「あいあいリリムさん、お薬持って来っと」

「ありがとうございます、ペーシャちゃん」

どうやらアーゼマ村の人々がシルフと共生する道を選んだ、という話は本当のようだった。村の入口で出迎えてくれた妖精王にも驚いたが、まさかシルフが診療所でお手伝いをしているとは予想外だった。

「アーゼマ村の人達がシルフと手を取り合った。私はそう聞いていたのだけど、ペーシャちゃんと言ったかしら、この子は？」

ルルウェルがそう尋ねると、リリムはペーシャが持ってきた箱から中身を取り出し、水を注いだコップと共に小さな丸薬を二個手渡してくる。

「これは魔力の流れを正常に戻す薬と頭痛を治めてくれる薬です。どちらも植物に聡《さと》いペーシャちゃん達シルフが、その手で採取してくれた薬草を調合したものです」

「なるほど、役割分担ということね」

「そうですね。今まで王都から取り寄せるしかなかった高価な薬草が、簡単に手に入るようになったんですよ」

これもシルフ達のお陰ですね、とリリムはペーシャの頭を撫《な》でる。

ルルウェルはそんな二人を眺めながら渡された薬を飲み込んだ。するとどうだろうか、時間を置くこともなく、すぐに頭痛が治まってくる。

「すごいわね、この薬」

「でしょう、この私が調薬したんですからねっ」

「ペーシャ、ペーシャも手伝いまっした！」

「はいはい、助かってますよ」

驚くべき即効性を持つ薬もそうだが、それを調薬したという薬師リリムにもルルウェルは興味を覚える。

シルフ達のお陰だと彼女は謙遜していたが、ルーゴの言う通りリリムの薬師としての腕は確かなようだ。加えて『微精霊の加護』を所持しているときた。王都でもリリムのような才能ある人間はそう多くないだろう。

そもそもの話、加護を持つ人間が貴重なのだ。

ルルウェルが持つ『百計の加護』のように戦闘向けじゃなくとも、加護を持つ人材というだけで王都では引っ張りだこ。辺境の田舎村に置いておくのはもったいない。誰もがそう言うだろう。

『妖精王の加護』を持つティーミア。『微精霊の加護』を持つリリム。

そして、情報の引き出しには失敗したが、断片的に入って来た情報から察するに、恐らくは何かしらの加護を持つルーゴ。

まだアーゼマ村に入って間もないというのに加護持ちが既に三人だ。とんでもないところに来てしまったなと、ルルウェルは既に治った筈の頭痛が再発してきた気がした。

気がするだけで頭痛が治まったルルウェルはベッドから起き上がり、身なりを正して眼鏡も直し、リリムに向かい合う。

「リリムさん、自己紹介がまだだったわね。私は冒険者ギルドで調査員をやっているルルウェル・オリスと言うわ」

「あ、そうなんですね。なんとなく察してはいましたけど」

「あらそう。良いわね、話が早いわ」

加護持ちの人材は王都で引っ張りだこ。誰が手にするかは見つけたもん勝ち。

魔物が活性化し、対処に追われるギルドでは、抱えている冒険者の負傷が絶えず、常に人材不足に悩まされている。

そんなギルドに『微精霊の加護』を使って適切な薬の処方が行えるリリムを迎え入れることが出来れば、減らない負傷者に頭を抱えることも少なくなるだろう。しかも彼女が調合する薬は即効性があり効果も絶大ときた。

勧誘しない手はない。

「ギルドの者として単刀直入に言うわ。リリムさん、あなた王都に来る気はないかしら？」

「ないですね」

「あらそう、じゃあさっそく王都に迎える手続きを……ってあれ？」

出端《ではな》をくじかれるどころか、鼻っ柱を折られた気分のルルウェルは不思議そうに再度リリムに尋ねる。

「王都の冒険者ギルドに来れば今よりも立派な設備を用意出来るし、お給料だって何倍にも膨れ上がるわよ？　加護を持つあなたならきっとすぐに出世出来るわ」

「う～ん、お給料とか出世とかって話じゃないんですよね。私が居ないと怪我を診られる人が居なくなっちゃいますし、それに」

リリムは苦笑して続ける。

「私、アーゼマ村が好きなので」

「そ、そう……、もったいないわぁ」

リリムの才能は王都の者達と比較しても上澄みに値するだろう。そう確信するルルウェルはリリムの返答を心底残念に思った。

◇◆◇

薬師リリム。妖精王ティーミア。村の用心棒ルーゴ。

三人の加護持ちを保有するアーゼマ村は人材の宝庫である、とルルウェルは考えていた。こんな辺境の地にわざわざ足を運んだかいがあった。他にもまだまだ逸材が居るかも知れない。

「ペーシャちゃん、あなたは何が得意なのかしら？」

例えばそう、リリムの診療所でお手伝いをしているシルフのペーシャとか。

「得意？　う〜ん、私は何が得意なのか分からないっすね」

どうやらペーシャは自分の得意なことが分からない様子。

腕を組んでしばし沈思するように首を捻《ひね》っていた。

「あなたが普段やっていることをお姉さんに教えてくれれば良いのよ」

「そうなんすね。私は普段、この診療所でリリムさんと一緒に薬の調合をしてまっすよ。リリムさ

ん　と肩を並べるのは難しいでっすけどね」

「薬の調合！　器用なのね、すごいわ」

「ええと……あとは、薬の材料の調達っすね。二週間前まで森で過ごしていたので、ここいらの植物の種類は全部分かるっすよ」

「まるで歩く図鑑だわ！」

アーゼマ村近辺に自生する植物の種類は全て把握している、と言ってのけたペーシャにルルウェルは驚きを隠せない。

ギルドにはたびたび『どこぞで生えているこんな植物を採って来て欲しい』といった依頼が入ってくる。それは外壁に守られた王都から一歩でも外へ出れば魔物に襲われる危険性があるからだ。

そんな外界――巨大樹の森で今まで生き抜き、かつ植物にも詳しいと来れば、魔物が活性化する今のご時世、それだけで逸材だろう。欲しがる者はとことんペーシャを欲しがる筈だ。

「ででも、このぐらいはシルフにとっては当然なので、特別に私がすごいって訳じゃないでっす」

「なるほどね、シルフ全体がそうである……と」

ペーシャの話が本当であれば、シルフを取り込めば、王都に出回る数少ない貴重な薬草類の採取がずっと容易になるだろう。

ギルドから下された指令は『シルフがアーゼマ村の害になる存在か否かを調査してこい』であっ

たがとんでもない、この魔物は王国にすら有益な存在となるだろう。

こうしちゃいられない。

ルルウェルは仕度を整える。

「あ、ルルウェルさん、お仕事に戻るんですか？　もう少しだけ体を休めた方が」

「いえ、もう大丈夫よ。私は仕事でアーゼマ村に来たのだからね」

「そうですか、それならしょうがないですね。一応、無理はしないようにお願いします」

「分かったわ、良いお薬をどうもありがとう。では失礼するわね」

ルルウェルはリリムに代金を手渡し、早々に別れを告げて足早に診療所を後する。何故そんなに急ぐ必要があるのかと問われれば善は急げだからだ。

診療所の玄関先でルルウェルの診断が終わるのを待っていた面々に軽く会釈し、ルルウェルはシルフの長であるティーミアの前で立ち止まる。

どうやらルーゴと一緒に饅頭《まんじゅう》を食べていたらしい。

ほっぺたをリスみたいに膨らませて実に子供っぽい彼女だが、これでもペーシャ達シルフをまとめる妖精王なのだ。

隣のルーゴが兜の上から饅頭を器用に食べているのが若干気になるが、ルルウェルはゴホンと咳《せき》払《ばら》いをしてティーミアに視線を合わせる。

「ティーミアさん、折り入ってお話があります」

「さっきはちゃん付けだったじゃない」

「ティーミアちゃん、お話があるの」

「まあ聞いてあげるわ」

先ほどのペーシャの話が真実であるならば、シルフは素材採取といった面で大いに活躍してくれることだろう。ならばその長はどうしても押さえておきたいとルルウェルは考える。

「あなた、王都に来る気はない？」

「ないわね」

「良かったわ。じゃあさっそく王都に迎える手続きを……って、あれ？」

出端をくじかれるどころかへし折られた気分のルルウェルは不思議そうに再度ティーミアに尋ねた。

「い、一応理由を聞いても良いかしら？」

「あたしだって最初はあんた達王都の人間と手を組みたかったわよ。でも魔物と手なんて組めるかって門前払いされたわ。剣も向けられたしね。それを今さら王都へ来いなんて都合が良すぎるわ」

不機嫌そうに腕を組んだティーミアがぱたぱたと羽ばたいてルルウェルに顔を近付けた。

「だからお断りよ」

「な、なにいいいぃぃぃ!?」

やってくれたなぁ王都。

やってくれたなぁ王国。

ルルウェルが膝から崩れ落ちると、ティーミアの隣に居たルーゴが慰めるようにルルウェルの肩をぽんぽんと叩《たた》いてくる。

「今回は残念だったな。だが、そちらから歩み寄り続ければ、いつかは彼女達もその手を取ってくれるだろうさ。アーゼマ村からは出さないがな」

「くそう……くそう……」

親身になってくれてはいるが、アーゼマ村からは出さないとルーゴから独占欲が漏れ出ていた。

なるほど、シルフの手を借りたくばまずルーゴを通せと。

ルーゴの背後でその様子を眺めていた村長も「ほっほっほ」と目を細めて顎髭《あごひげ》を摩《さす》っていた。あの老人もシルフを渡す気はさらさらないらしい。

再びルルウェルが項垂《うなだ》れていると、ガラムが若干嬉《うれ》しそうにルルウェルの肩を叩いてくる。

「まあ別に良いじゃねぇか、シルフなんて王都に来なくってもよ」

「何で嬉しそうなのよ」

「俺、魔物嫌いだし」

「あんたみたいなのが居るからこういう状況になるのよ」

そうは言ったものの、ルルウェル自身もティーミアやペーシャをその目で見るまでは、シルフ達をただの魔物としか思っていなかった。

とても人のことを言えた義理ではないが、ガラムのように頭ごなしに魔物は魔物だと遠ざけるだけでは駄目なのかも知れない、とルルウェルは今のアーゼマ村を見て深く反省した。


その後、ルルウェル達は農場で村人達と共に農業に勤《いそ》しむシルフを見学し、農業だけでなくリリムの診療所に居たペーシャのように他の仕事でも活躍するシルフを見て回った。

植物に詳しい彼らは農作物に有用な栽培方法を村人達に伝授したり、人間にはない羽を使って空を飛べる特性を活《い》かして運搬物を空から運んだりと、ルルウェルの目から見てもシルフがアーゼマ村に及ぼす悪影響は皆無に等しい。

お年寄りが多く若者の少ないこの村にとって、元気の良いシルフの手助けは莫大《ばくだい》な恩恵となって表れている。

シルフの体軀《たいく》は子供のように小さく、手先も小さい為《ため》、細かい作業が得意とのこと。小さいからといって力仕事は出来ないといったこともなく、【風属性魔法】を使って風の力を借りれば重たい物も持ち運ぶことが出来るのだとか。

基本、人間が出来ることは似た姿をしたシルフにも同様のことが出来る。そこに風魔法が加わるのだ、ルルウェルとしても出来るものなら是非とも人材不足の冒険者ギルドに引き入れたいと思う。

そんなシルフ達がアーゼマ村の仕事を手伝うことの対価は何なのだろうか。

シルフの長であるティーミアは、

「ルーゴが魔物から守ってくれるって約束してくれたの」

と言っていた。

どうやら魔物が活性化する昨今の事情はシルフ達も他人事《ひとごと》ではないようで、住処《すみか》としていた巨大樹の森も最近では強力な魔物が多数出現していて手に負えなくなっていたのだとか。

シルフはギルドが抱えるCランク冒険者では歯が立たないほどの実力を持つ。そんなシルフの頂点に立つ妖精王ティーミアに向かって『守ってやる』と言ってのけたらしいルーゴは一体なんなのだろうか。

アーゼマ村に向かう道中でもデスワームを一人で倒してみせた彼の実力は計り知れない。もう少しルーゴの戦闘が見られれば参考になるのだが。

ルルウェルがそう考えていると、丁度村に隣接する森の中で強力な魔物が出現したらしく、ルーゴから「一緒に来るか?」と言われたので、ルルウェルとガラムはほいほい付いて行ってしまった。

率直に言うとルルウェルは後悔した。

「ぎゃあああああああああッ！　またデスワームだわッ!?」

「ふざけんな十匹くらい居るぞ!!」

森の中で遭遇したのは、普通サイズでも五十メートルを超えるデスワームよりも、更に一回り大きいジャイアントデスワームだった。その取り巻きとしてデスワームが九体も居る。

このジャイアントデスワームと呼ばれる魔物は、単体で出現しただけでも災害と認定される危険生物だ。ギルドのAランク冒険者を複数人揃《そろ》えて確実な討伐に挑むほど警戒すべき相手。

それに取り巻きが九体交じればもはや天災だろう。

あまりの事態に森の真《ま》っ只中《ただなか》で腰を抜かしていたルルウェルとガラムだったが、同じくルーゴに付いて来ていた村長は水筒を取り出してお茶を啜《すす》っていた。

「あんた達も飲むかい？」

「飲んどる場合かッ！」

何を考えているのか呑気《のんき》な村長の手はぷるぷると震えていたが、あれは老人特有のものではない。ジャイアントデスワーム達がその体を動かして大地を揺らしているからだ。少し身動《みじろ》ぎしただけで木々がなぎ倒されている。

その様子を、村長と同様に見学に来ていた村人やシルフ達は、

「うっわ、でっけぇミミズ。あんなの初めて見るぜ」

「かば焼きにしたら何人分になるんだろ」

「そもそも食べられるのかしら？」

「あれの赤ちゃんなら丁度良いサイズかもなぁ」

天災を前にして、動物園に来ている家族連れのような雰囲気だった。

「あの人達ちょっとおかしいわよ」

「言うほどちょっとか？」

感覚がおかしい。どうかしているとルルウェルは単純にそう思った。

同じことを思ったのだろうガラムが未だ腰を抜かしているルルウェルの手を取り、この場から大急ぎで逃れようとする。ここに居ればいつ襲われるか分かったものではない。

そんな二人の行く手を村長が杖《つえ》をかざして阻む。

「待ちなされ。この場にはアーゼマ村切っての猛者《もさ》が二人おる。しかも片方はシルフじゃ、あんた達はそれを見に来たのじゃろ？」

「いやいやいや、何を言っているんですか村長。あれはもう災害だわ！　王都からギルドと兵士の応援を呼ばなくちゃアーゼマ村が――」

――危険だ。

そこまで言いかけたルルウェルの背後で複数の轟音《ごうおん》が響いた。

遅れて土煙がこちらに押し寄せて来る。

「きゃっ!?」

「な、なんだ!?」

振り向けば、取り巻きのデスワーム達が全て倒れていた。

先ほどの轟音と土煙は巨大な魔物が地面に突っ伏した時に発生したものか。

「ま、シルフの窃盗魔法に掛かればこんなものね」

そう言って自信満々に胸を張るのはティーミアだ。

得意気に振るう彼女の指先には光を発する九つの球体が漂っている。あれはリリムが使役していた微精霊などの類ではない。九つ、それは取り巻きであったデスワームの数と一致する。

「窃盗魔法……？　まさかッ」

魔物の魂を奪ったと。

シルフという魔物が【窃盗魔法】を得意としていることはルルウェルも知っていたが、魂まで奪えるという話は聞いたことがない。まさか窃盗魔法を妖精王が行使すれば、魔法の及ぶ範囲が魂にまで到達するというのだろうか。

現に倒れたデスワームに外傷などは見当たらず、ただただ糸の切れた操り人形のように横たわっている。

「残すはあの親玉だけね」

ティーミアが指先で示すのはジャイアントデスワーム。

仲間が急に倒れてしまい困惑しているのか、上体を起こして周囲を見渡すばかりで襲ってくる気配は感じられない。だが、それも時間の問題だろう。デスワームは非常に好戦的な魔物としてギルドでも有名なのだから。

「あたしの窃盗魔法も流石にあの馬鹿でかいのには効かなさそうね。ルーゴ、あんたなら何とか出来る？」

「厳しいな。あいつは額にコアがあるタイプだ。破壊しようにもあの高さ、届いたとしても一撃とはいかないだろう。下手に刺激して暴れられたら厄介だ。見物人も居ることだしな」

「じゃあどうするのよ。あんなのがアーゼマ村まで来たら大変よ？」

大変どころかアーゼマ村は地図から消えるだろう。

ジャイアントデスワームは流石に手に負えないと、そんなルーゴとティーミアの様子にルルウェルは頭を抱える。

背後のガラムも「じゃあこの辺で」と村長に別れを告げていた。

「ガラム殿、腰にあるその剣を貸して貰えるか」

そそくさとこの場を後にしようとするガラムをルーゴが呼び止める。

どうやら剣が欲しいとのことだが、ガラムが所持している剣は王都で流通するごく普通の剣であり、遥《はる》か遠方の敵を斬り裂ける伝説の剣ではない。

「待て待て、この剣でジャイアントデスワームを相手にするつもりか」

「魔法は届かないが剣なら届く」

「何言ってんだお前」

射程距離おかしくない？　とルルウェルはけげんな顔で眼鏡を正す。

やれるもんならやってみろとガラムが剣を差し出すと、受け取ったルーゴは鞘から剣身を引き抜いた。

「さて、剣など久しぶりだな」

構え、切っ先を魔物へ向ける。

ただそれだけの動作だというのに、この真黒の兜を被った男の姿がルルウェルの目にはとても様になっているように見えた。本当にジャイアントデスワームを斬りそうだと確信が持てるくらいに。

加えてその所作がとある男と重なるのだ。それはかつて王国で活躍した今は亡き英雄の冒険者。

同じ冒険者ギルドに所属していたルルウェルには分かってしまう。

「まるで、ルーク・オットハイドだわ」

一太刀だった。

空気を斬り裂く音が森に響けば、視線の遥か前方のジャイアントデスワームが真っ二つに割れる。

自分が死んだことにも気付かなかったのだろう、それほどまでに一瞬で、声を上げることもなく、魔物の死体は左右に分かれてピクリとも動かなくなってしまった。

村長が言う。

「あれが我が村の用心棒じゃ」

「そ、そのようで……」

なるほど、確かにシルフが彼の力を頼ってアーゼマ村に来るのも頷ける。

隣のガラムも「すげぇ」と言って呆《ほう》けていた。

――以上が、調査に向かったアーゼマ村の出来事だ。

日記にペンを走らせてそう記し、ルルウェルは眼鏡を正す。

アーゼマ村から馬車に揺られること既に四時間。目的地である王都はもう少しで見えてくるだろう。頬杖を突いて窓から外を眺めれば、シルフが住むという巨大樹の森が遠くに見える。

しかし、そこにはもうシルフは住んでいない。

何故ならアーゼマ村へ移住してしまったのだから。

「ギルドにはシルフのこと、ちゃんと伝えないとね」

内容はもちろん、シルフは無害であると伝えるつもりだ。

調査した魔物の報告内容に嘘は吐《つ》かない。それが仕事だからだ。

そんなルルウェルとは対照的に、対面に座るガラムは少し違った考えを持っている様子だった。

「おいおいルルウェル、シルフよりもまずルーゴさんのことを報告すべきだろ。絶対にあの人はギルドに引き入れるべきだってよ」

ガラムは嬉々《きき》としながら腰の剣を引き抜いた。

あの剣はルーゴという男が一太刀でジャイアントデスワームを斬ってみせた逸品だ。もう王都で流通する普通の剣ではないのだろう。少なくともガラムにとっては。

「ルーゴさん……ね。最初とは随分気が変わったようね」

「う、うるせぇ。それだけあの人はすげぇってことだよ。んなことより、絶対にルーゴさんのこと、ギルドマスターに伝えろよ」

「はいはい、分かったわ」

気恥ずかしそうに話題を逸《そ》らそうとするガラムを見てルルウェルは苦笑する。

最初こそ、護衛としてお株を奪われてしまったと不機嫌そうにしていたガラムだったが、どうやらルーゴの一太刀を見て考えを改めた様子だ。たかがBランク冒険者の自分が張り合えるレベルではないと察したのだろう。

ルーゴの実力はギルドのAランクと比べても遜色はないだろう。もしかすればそれ以上かも知れない。

ルルウェルはそんなルーゴにも王都へ来ないかと勧誘したが、残念ながら断られてしまった。何か理由があるのだろうが、彼は言っていた。

(そちらから歩み寄り続ければ、いつかは彼女達もその手を取ってくれるだろうさ)

ならばしつこく勧誘してやろう。王都に来る気はないかと。

何故ならギルドに所属する冒険者の友人が、亡くなったSランク冒険者ルーク・オットハイドの代わりとなれる人材を探しているからだ。

「リーシャ、見つけたわよ。代わりになれそうな人」

――リーシャ・メレエンテ。

かつてルークのパーティに所属していた人物だ。

ギルドにシルフのことを報告するついでに、リーシャにはアーゼマ村の用心棒ルーゴのことを教えてやろうとルルウェルは微笑《ほほえ》んだ。

# 第4話　人の話を聞かない聖女様

リリムの診療所の裏にはちょっとした庭が広がっている。

しかし、長いこと放置していたので雑草がこれ以上ないほど生え散らかっていた。虫も寄ってくる、風通しも悪くなるとデメリットしかないので、リリムは鎌を手にして重い腰を上げることにした。

シルフのペーシャという同居人も増えたことだし丁度良い機会だろう。ちょっとしたリノベーションだ。

「リリムさん、武器なんか持って何してるんすか。まさか魔物でも狩りに行くんすか？」

「これは武器じゃありません、鎌ですよペーシャちゃん。ちょっと草刈りしようかと思いまして」

リリムの眼前には長い間放置され続けた雑草がこれでもかと伸びている。

あれを魔物と称するなら、これは確かに魔物狩りだろう。

よし、と気を引き締めてリリムは鎌を構える。

「ぱぱっと終わらせちゃいましょうか」

ペーシャに診療所の患者さん対応を任せ、いざ開始とリリムは草刈りに取り掛かった。

――その三時間後、リリムは縁側に腰を下ろして頭を抱えていた。

「リリムさん、まだ半分も終わってないじゃないすか」

様子を見に来たペーシャが呆《あき》れたように言う。半分どころか、ほとんど進んでいない。

リリムは耳が痛かった。

「いや、あの……すみません。草刈りだなんて初めてだったので。ちょっと腰がですね、あの体勢って意外と辛《つら》いんですね。痛《いた》た……」

「老人かな？」

ペーシャにうつ伏せで寝るよう指示され、言われた通りにすると腰をマッサージしてくれた。意外と優しいらしい。

シルフのちっちゃい手がツボに入って妙に気持ち良く感じる。

ペーシャは将来、良いマッサージ師になれるだろう。アーゼマ村のお年寄りから人気が出るに違いない。

「そもそもどうして突然、草刈りなんて始めたんすか？」

「う～ん、確かに急は急ですけど、ちょっと理由がありましてですね」

裏庭に畑を作ろうと思ったのだ。

ペーシャ達《たち》シルフは長いこと森で過ごした経験を活《い》かして、アーゼマ村に隣接する森から薬草を採取して来てくれる。

ただ、あの森にはブラックベア等の強力な魔物が住んでいるので、いつシルフ達が怪我《けが》をして帰ってくるか分からない。なのでリリムは裏庭で薬草の栽培が出来ないかと考えたのだ。

その結果が今の有様である。リリムは慣れない力作業に腰を痛めてしまった。

「診療所の薬師が腰を痛めるって何というか、その……あれっすね」

「……す、すみません」

リリムは耳が痛かった。ついでに腰も痛い。

「あ、そうだ！」

と、ペーシャが何か思いついたようでマッサージの手を止めた。

「どうしたんですか？」

「シルフの友達にこういうのが得意な子が居るので、助《すけ》っ人《と》としてお手伝いを頼めるか聞いてくるっすよ！　リリムさん、待っててくださいでっす」

言ってペーシャは羽をパタパタとさせて裏庭から飛び出して行ってしまった。

そしてしばらく待てば、ペーシャの言った助っ人が裏庭に姿を現す。

「リリム、邪魔をするぞ」

「る、ルーゴさん？」

ルーゴだった。またとんでもない奴《やつ》が来たなとリリムは腰痛が悪化してきた気がした。

ペーシャはシルフの友達と言ってたが、あの真っ黒兜《かぶと》がシルフに見えるのならば今すぐ目の治療を施さねばならない。

「ペーシャちゃん？　シルフのお友達はどうしたんですか？」

「今、忙しいから今度にしてくれって言われちゃいまっして。だから暇そうにしてたルーゴさんを連れて来まっした！」

「ああ、それでルーゴさんなんですね」

どうやら目の治療は必要ないようだ。

「俺はペーシャに助っ人がどうとか言われて来たのだが、リリムが縁側で顔を青くしてるのと何か関係があるのか？」

「なんか草刈りするって言ってたんすけど、慣れない作業で腰を痛めちゃったみたいでっす！」

「……、まるで老人だな、大丈夫なのか？」

リリムは顔を伏せる。耳が痛かった。

「見たところまだ半分も終わっていないな。よし、良いだろう、残りは俺がやってやる。ペーシャ、そこに転がっている鎌を貸してくれ」

「そんな、悪いですよ。私が勝手にやって勝手に自滅しただけですから」

「せっかく来たんだ、手伝ってやる」

すぐに終わらせる、と宣言してルーゴはペーシャから鎌を受け取った。

そして姿勢を低くし、鎌をまるで剣のように構えた。とてもこれから草刈りを始めるとは思えない仰々しいその構え方にリリムは困惑する。

「な、何をするつもりですか？」

「草刈りだが」

「そうは見えませんけど……」

「あまり俺に近付くなよ、危険だからな」

たかが草刈りで危険とは何事か。

リリムがそんなことを考えている内にルーゴが鎌を振り抜いた。

直後、突風が裏庭に吹き荒れる。

「うわッ!?　なになになにッ!?」

突然の出来事にリリムは混乱を隠せない。

まさかこの突風は鎌の一振りで発生したものなのか。

やがて、風に巻かれた土煙が引いていくと、そこにはさっぱりした裏庭が姿を現した。もしや鎌の一振りで草刈りを全て終わらせた？　とリリムは混乱していた頭が余計に混乱してくる。

隣のペーシャは目を輝かせていた。

「す、すっげぇ～！　ルーゴさん、流石《さすが》っすね！」

「まあ、ざっとこんなもんだ」

ふう、と一息吐《つ》いたルーゴが鎌を肩に担いでこちらを振り返る。

「終わったぞ」

「そ、そのようで……」

リリムは腰を抜かした。


その後、腰の痛みが引かないリリムはルーゴに事情を話し、畑作りも手伝って貰《もら》うこととなった。

ルーゴもリリムが腰を抜かす原因となってしまったことに負い目を感じているようだ。

「それで、まず何をすればいい？　俺は畑なんて作ったことがないのでな」

「そうですね、私も初めての挑戦なのであまり詳しい訳ではないのですが、まずは土を耕すんですよ。固くなった土を柔らかくする、という訳ですね」

「なるほど」

ルーゴが人差し指を地面に向け、くいっと上に向ける。

すると地面が盛り上がり、やがて土が空中に浮かび上がった。

リリムは無言で様子を見守る。あれは重力魔法だ。

ルーゴがもう片方の手を振るうと土は空中でシェイクされて解《ほぐ》された。確かにあれで土は柔らかくなるだろう。

「それで、この土はどうするんだ？」

「次は……、えっとですね、石や雑草の根っこ等といった余計な異物を取り除くんですよ」

「ふむ」

何が「ふむ」なのかは分からないが、とりあえずルーゴが指を振るうだけで次々に石などの異物が裏庭の片隅に選別されていったので、リリムは目を疑いながら良しと頷《うなず》いた。

あとは耕してふるいに掛けた、と言っていいのか分からないが、ひとまず空中に浮かんでいる土を元に戻して貰えば畑はほとんど完成だ。

「これで大体は終わりですね、あとは種を植えるだけかな？」

「もう終わりなのか、割と簡単なんだな」

そんなことを言えるのはルーゴだけだろう。

仮に王都に居る優秀な魔術師が全員ルーゴクラスならば、この世の農家は全て消滅するだろうなとリリムは思った。ルーゴに農作業の知識がないことが唯一の救いだろうか。

「リリムさん、ルーゴさん、麦茶持って来まっしたよ。今日は暑くなるみたいなので、適度に休憩してくださいでっす」

患者さんが来た時に備えて診療所で待機していたペーシャが、気を利かせて冷たいお茶を持ってきてくれた。

「それでどれくらい進みまっしたか？　ルーゴさんなら半分くらいは……ってあれ、もう終わってる！　なんで⁉　まだ作業始めてから二十分くらいしか経《た》ってないっすよ⁉」

「ルーゴさんが魔法でほとんどもう終わらせちゃいました。早いですよね」

「早過ぎっすよ」

先程すごいと言って目を輝かせていたペーシャの様子はどこへやら、今は若干表情を引き攣《つ》らせている。

リリムは考えないようにしていたが、流石にここまで来るとペーシャの目にも異様と映るようだ。

「リリム、植える種はどこにあるんだ？」

「あ、いえ、ここまでで大丈夫ですよルーゴさん。あとは簡単な作業だけですので」

「せっかくだから最後まで手伝うよ。腰を痛めているんだろ？」

「う～ん、そうですね。じゃあ、お願いしちゃっても良いですか？」

「勿論《もちろん》だ」

リリムが栽培する予定だった薬草の種を手渡し、あまりこういった知識がないだろうルーゴに植え方等を説明する。

それとせっかく畑を作ったので適当な野菜の種等も植えて貰うことにした。

「これはなんの種だ？　珍しい形をしているな」

ふと気になったのか、ルーゴが三日月形の種を手に取った。

「それはロカの種ですね。低木に実を付けるんですけど、それが魔力の回復薬の原料になります」

「これがロカの種か、初めて見る。随分と珍しいものを持っているな」

「これでも薬師なものでして」

「そうか、それもそうだな」

他にも色々な種類の種を植えて貰って裏庭の畑作りは一段落。

本職の者から見れば家庭菜園の域は出ないだろうが、ルーゴが手伝ってくれたお陰でそれなりのものが出来ただろう。

「ルーゴさん、ほとんど何も出来ずに申し訳ないです」

「良いんだ、俺が手伝うと言ったんだからな」

リリムの隣に腰を下ろしたルーゴが、少し温《ぬる》くなってしまった麦茶を手に取って兜の上から器用に口を付ける。

どうやって飲んでいるのか気になってしょうがないが、リリムは草刈りをはじめ、何から何まで手伝ってくれたルーゴに礼を言った。

「今日はどうもでした。今度、何かお礼をさせてください」

「まあ気にするな、男手が必要ならいつでもまた頼ってくれ」

「……そうですね、そうしちゃおっかな」

頼ってくれ、と言われてルーゴの正体を疑っているリリムはどうしようかと思った。だが、少しだけ考えて甘えちゃっても大丈夫かなとも思った。

最初こそ、鎌の一撃で雑草を一網打尽にしてしまった時は驚いたものだったが、その影響で診療所に傷が付くということはなかった。

そして重力魔法の扱いも意外に繊細で、あれほど魔法の扱いに手慣れているのなら、間違っても魔法に巻き込まれて診療所が木っ端微塵《こっぱみじん》になることはないだろう。

そして、今日はリリムのことを心配してお手伝いを請け負ってくれたようなので、

(意外とルーゴさんって優しい人なのかな?)

とリリムは考え始める。

あの真っ黒兜は不気味でしょうがないが。

「そういえば、リリムはどうして急に薬草を栽培しようだなんて思ったんだ?」

麦茶を口に付けながらルーゴがそう尋ねてくる。

「えっと、ペーシャちゃん達が薬草を採ってくれるようになったのは良いんですけど、いつ魔物に襲われて怪我してしまうか分からないじゃないですか? それならせめて自分で使うものは自分で賄えた方が、シルフ達の負担が減るんじゃないかなって」

ただそれだけです、と伝えるとルーゴが肩を竦《すく》めて何故《なぜ》かくすりと笑った。

今の話に笑う要素があっただろうかとリリムがむっとすれば、ルーゴはお茶を飲み干して立ち上がった。

「そうか、お前は優しいな奴だな」

そして、その足は裏庭の出口へと。

「それでペーシャを心配させては本末転倒だがな。もっと自分を労《いた》われよ」

「え？　あ、はい、そうですね」

「それじゃあ、またな」

そう言い残してルーゴは立ち去って行く。

何だか言いたい放題言われてしまったような気もするが、リリムはルーゴの背に「ありがとうございます」と言って手を振り返した。

◇◆◇

裏庭に畑を作った次の日。

リリムの診療所兼自宅には決して少なくない手紙が山積みになっていた。

「リリムさん、これなんのお手紙っすか？」

「お薬を調合して欲しいって依頼ですよ」

「これ全部!?　うげげ！」

リリムの机の上にこれでもかと置かれた大量の手紙。

その量と内容を知ってペーシャが顔を青くする。リリムに届いた依頼のほとんどが調合が難しく作るのに時間を要するものばかりだったからだ。

「ででも。どうしてっすかね、リリムさん宛に調薬依頼が来るなんて。田舎の診療所に居る薬師なのに」

「ペーシャちゃん、割と失礼ですね」

意外と毒を吐くペーシャはさておき、何故リリムの診療所にこんなにもたくさんの依頼が届くようになったのか。その原因はなんとなくリリムには分かっていた。

「たぶん、ルルウェルさんかな」

数日前にアーゼマ村を訪れたギルドの調査員であるルルウェルが、王都で何か吹聴したのだろう。恐らくは腕の良い薬師がアーゼマ村に居る、とか何とか。

そう言ってくれているのならリリムも嬉《うれ》しくなってしまうが、それが基で難しい薬の調合依頼が来るなら思わず頭を抱えてしまう。決して調薬出来ない訳ではないが、調合の難しいものは素材を調達する時点で難易度が高いものが多い。なので簡単にほいほいと作れて良い品ではないのだ。

「見てくださいっすリリムさん。この手紙なんて強力な媚薬《びやく》を作ってくれって書いてありまっすよ。う〜ん、下品でっす」

「うっわ、そういう危ない薬の依頼は後で通報してやりましょう」

普通の薬を依頼してくるだけならまだしも、中には毒性のある薬や即効性の眠り薬の依頼も含まれていた。使用目的も書かれていないので怪しいことこの上ない。

窓の外に居たルーゴも、

「仮にリリムの薬を使った犯罪が起きたとして、役人も王都で出回る薬ではなく、アーゼマ村で調合された薬とは思うまい。いかにも犯罪者が使いそうな手口だ」

と言っていた。

聞くだけでリリムは身が竦む思いだ。

まさか依頼を受けてしまったばかりに犯罪の片棒を担ぐことになってしまうなんて。

「勿論のこと、調薬した者も檻《おり》に入れられるだろうな」

「ひえぇ、怖いですね。じゃあきっぱり断ることにします」

ペーシャに指示を出して内容が怪しいものは全て保管して貰うこととする。あとで王都の兵士に通報してやろう。普通の依頼だとしても手に負えないものは断りの手紙を出すとして、リリムは先ほどから気になっていることをルーゴに尋ねた。

「なんで窓の外に居るんですか？」

「え？　あ、いや、窓辺にリリムを見かけたから話し掛けたのだが、駄目だったか？」

「意外と可愛《かわい》いところありますね」

え？　と気の抜けた声を出すルーゴ。普段の用心棒という姿からは考えられない素っ頓狂な声に、いつもの様子ではないなとリリムは感じ取った。

わざわざ診療所まで足を運んでいることといい、何かリリムに用事があるのかも知れない。

「ルーゴさん、もしかして何か私に用ですか？」

「む。ああ、そうだった」

思い出したかのようにルーゴは懐から大量の手紙を取り出した。

どうやらルルウェルが吹聴したのはリリムのことだけでなく、ルーゴのことも同様に好き勝手に言い回っているらしい。

「それで冒険者ギルドから勧誘されたりしてるんですね」

「そうだ」

手紙の量を見る限り、勧誘は何も冒険者ギルドからだけではなさそうだ。きっと色々なところからその力を貸してくれとお願いされているのだろう。形は違えどルーゴもリリムと同様に苦労しているようだ。

しかし、ルーゴ宛に勧誘の手紙が来たからといって、どうして診療所を訪ねて来たのだろうか。

手紙を取り出したからには手紙に関する用事なのだろう。リリムが不思議そうにしていると、ルーゴは大量の手紙の中から一枚、やたらと丁寧に包装された青白い封書を取り出した。

「それって『アラト聖教会』からの手紙じゃないですか?」

「この手紙が問題なんだ」

――アラト聖教会。

リリムもあまり詳しくはないが王都を根城とした宗教組織で、なんでも女神の力を授かる『聖女』という女性達を中心とした集団とのことだ。

その聖女の中でも特に有名なのがリーシャ・メレエンテ。

聖女の肩書だけではなく、Sランク冒険者ルーク・オットハイドのパーティメンバーとして数多くの功績を挙げているので、田舎の村娘であるリリムもその名を知っている。というかファンだ。

「私、ルーク様の大ファンなのでリーシャ様の名前なら知ってますよ」

「そのリーシャからパーティを組まないかと手紙が来たんだ」

「またまたぁ、ルーゴさんにそんな手紙が来る訳……」

「本当だ」

「は」

「本当だ」

確認してみろとアラト聖教会からの手紙を手渡され、リリムはそこに綴《つづ》られた文字を目で追っていく。中でも特に目を見張る一文をリリムは読み上げた。

「『ルーゴ様、私とパーティを組んで頂けないでしょうか？　近々、そちらへ伺いますので、詳しいお話はその時にでも――』」

確かにルーゴの言う通り、それはリーシャから宛てられた勧誘の手紙であった。包装に押された封蠟《ふうろう》もアラト聖教会のものなので、いたずらや偽物の類ではない。

リリムは窓の縁に両手を叩《たた》き付けてルーゴに視線を向けた。

「受けましょう」

「断る」

「受けましょう」

「断る」

二度の即答に思わず「どうしてですか!?」とリリムが声を荒らげても、ルーゴはかぶりを振るばかりで、どうやら勧誘を受ける気はさらさらないらしい。

「リーシャ様からのお誘いなんて今後二度とないですよ？」

それにルーゴほどの実力があれば、リーシャと並んでも遜色はない筈《はず》だ。リリムがそのことを伝えても、ルーゴは困ったように兜の上から頬を掻《か》いていた。

「昔、王都で色々とあってだな。それでリーシャとは顔を合わせたくないんだ」

「リーシャ様と昔に色々……？」

ルーゴは兜を被《かぶ》って顔を隠しているくらいなので、昔色々とあったというくだりはリリムも納得出来る。何もなければ顔を隠す必要はない。

しかしだ、その色々あった相手がまさかリーシャとは。

「痴情のもつれですか？」

「違うな」

「元カノとかですか？」

「違うな」

終《しま》いにはルーゴに「俺がそんな風に見えるのか？」と言われてしまったが、兜で顔を隠すような男に言われたくはないとリリムは思った。

女性のお誘いに対して男性側が顔も合わせたくないと。リリムは恋愛小説などを好む年頃乙女の十五歳なので、どうしても思考回路が恋愛方面に行ってしまいがちであった。

「リーシャと何かあったのかと言われれば、俺はあったと答えるしかないのだが、話の主旨はそこでない」

「あ、そういえばそうでしたね。私に何か用事があったんでしたっけ」

「そうだ。手紙には近々アーゼマ村にリーシャが来るとあったが、先ほども言った通り、俺は彼女と顔を合わせたくない。そこでリリムに頼みたいことがある」

そこまで説明すると、その声色が改まったものになった。

リリムとしては、ルーゴは用心棒としてこれまで色々と村の手助けをしてくれているので、出来ることならその頼み事とやらを聞いてあげたいと考えている。つい先日、畑作りも手伝って貰ったばかりだ。

「俺は一度リーシャに酷《ひど》い目に遭わされていてな。再び顔を合わせれば、また手痛い仕打ちを受けるかも知れない。だからリリム、俺の代わりに奴の勧誘を断ってくれないか？」

「はい？　酷い目に遭わされた？」

あまりに突拍子もない発言に、リリムは思わず聞き返してしまった。

◇◆◇

ルーゴの頼みはこうだ。

以前、聖女リーシャ・メレエンテから酷い目に遭わされたことがあり、顔を合わせたくないので自分の代わりに勧誘を断って欲しいとのこと。村長に頼もうにも高齢であまり無理はさせたくない。そこでルーゴはアーゼマ村で親しいリリムにそれを嘆願したということだった。

一応、Aランク冒険者でもある聖女を相手取っての話なので、そこそこ実力のあるティーミアにも、リリムの傍《そば》に居てやって欲しいとお願いしたようだ。

そういうこともあって今、王都からやって来た聖女リーシャがリリムの暮らす診療所へと足を運んでいた。

薬草の匂い漂う診療所の一室。

ソファに腰を下ろすリリムの対面に、テーブルを挟んでリーシャが立っている。

「申し遅れました。私、アラト聖教会で僭越《せんえつ》ながら聖女を務めております、リーシャ・メレエンテと申します。どうぞ、お見知りおきを」

まるで絹糸のような金色の長髪を揺らしながら、聖法衣のスカートをちょんと摘《つ》まんでリーシャが丁寧かつ上品な挨拶を飛ばしてくる。

なんというのか、こう、気品が溢《あふ》れていた。

ソファに腰を下ろすその所作も華があるというか何というか。

聖職者――聖女という肩書がそう感じさせているのか、あるいはSランク冒険者ルークの元パーティメンバーという事実がそう感じさせるのか、田舎娘のリリムには全く分からない。

なんだか薬草の匂いをかき消して良い香りも漂って来た。これが女神の匂いか……!

「お、お見知りおきを……」

「ふふふ、そんなに畏《かしこ》まらないで。私のことはただの小娘と思って貰って構いませんので。実際に小娘ですからね。ふふ」

口にそっと手を当てて上品にリーシャが微笑《ほほえ》む。

リリムが体を強張《こわば》らせていれば、その緊張を解すかのようにリーシャは笑みを絶やさない。聖女の顔面には裃《かみしも》を脱げと書かれている気がした。

これが聖女の余裕なのだろうか。

どこかの妖精王も見習って欲しいもんだとリリムは他人事《ひとごと》のように思ったが、その妖精王が隣でふんぞり返っているので他人事ではない。

「リリム！　あんたな～にビビってんのよ！　聖女が何よ！　あたしは妖精王なんだからね、そこんところよろしくッ！」

ビシッと音を出しそうな勢いでティーミアが指先をリーシャへと突き付ける。

聖女相手にあまりに失礼な態度。そう思ったのはリリムだけではないらしく、リーシャの護衛で来ていた一人の聖騎士がピクリと眉を顰《ひそ》めて腰の剣の鞘《さや》に手を掛けた。

それをリーシャが無言のまま手で牽制《けんせい》する。

「なによ、あたしとやろうっての？」

「ちょっとティーミア、やめてください。相手は聖女様なんですから、あなたもシルフの長として軽はずみな言動は慎んでください」

「うぐっ……わ、分かったわよ」

シルフの長として。リリムに痛いところを突かれたティーミアが押し黙る。

その様子にリーシャはにこりと目を細めて笑っていた。

ティーミアが聖女に向かってこうも横暴な態度を取る理由はリリムにも分かっている。それはルーゴが彼女に酷い目に遭わされたと聞いたからなのだろう。ティーミアはルーゴのことを慕っている様子なのでなおのことだろう。

だが、それは表に出さないで欲しいとリリムは願う。

後ろの不機嫌そうな聖騎士がおっかないのだ。

それが理由で自分まで酷い目に遭わされれば堪《たま》ったものではない。

「ティーミアさんも落ち着いたことですし、ではさっそく本題に入ると致しましょうか」

「そ、そうですね」

あのとても強いルーゴが手痛い仕打ちを受けたと言っていた。嘘《うそ》か実《まこと》か。真相はどうあれ、とにかく油断しないようにしようとリリムは改めて腰を落ち着かせる。

リーシャは聖女であると同時に、冒険者ギルドの『Aランク冒険者』なのだから。罪のない一般人に手を出す人とは思えないが、隣にティーミアが居るのだとしても用心するに越したことはないだろう。

リリムが腰を据えると、リーシャは同意と取って話を進めた。

「ではでは、リリムさんとティーミアさんに王都に来て貰うのは前提としまして、話題の主はアーゼマ村の用心棒ルーゴさんという方ですね。ここにはどうしてかいらっしゃらないようですが」

「いやいやいやいや、ちょっと待ってください」

今、こいつ何て言った？

「私は王都に行く前提なんですか⁉」

「な〜んであたしまで王都に行くことになってんのよ！」

何故か王都行きが決定していた二人が身を乗り出して抗議する。

ルーゴへの勧誘を断って欲しいという頼みは聞いていたが、まさか自分にまで飛び火するとはリリムも思っていなかった。ティーミアも同じだろう。

しかし、対面のリーシャはそんな抗議なんてなんのその。

「いえいえ、お二人方も大変素晴らしい才能をお持ちだと聞き及んでおります。その力は是非とも王都で発揮して頂きたく、私の方で既に手配は進めておりますので」

「ちょっと！　勝手に話進めないでよ！」

「いえいえ、実は私に女神アラト様のお告げが降りていまして。なんでも魔物の娘が王国に救いをくださるのだとか。私はその魔物の娘がティーミアさんだと確信を持っています故、王都に来て頂けないと国が困ると言いますか」

「え？　ちょっとあたしの話聞いてる!?」

たぶん全然聞いていない。

リーシャは「話聞きなさいよ！」と猛抗議を受けてもなおティーミアの手を両手で掴《つか》んで捲《まく》し立てていた。決して逃がさないという強い意志を感じる。

宗教怖《こえ》ぇとリリムが恐れ慄《おのの》いていれば、突如としてリーシャの首がぐるりと回転してこちらを向いたので、リリムは体をビクリと震わせた。

「リリムさん、リリムさん、あなたもですよ。なんでも大層素晴らしい効能を持ったお薬を調合出来るのだとか。友人のルルウェルがそう絶賛していたのですよ。私はリリムさんのその技術は王都で大勢の人々に振る舞うべきだと思いましてですね」

「あの、ルルウェルさんには以前お断りしたんですけど……」

「いいえ、リリムさんの薬師としての腕前はまだこの目で見た訳ではないのですが、こう直感と言いますか、私は確かであると確信しております。なので是非とも王都へ来て貰いたいと思っております」

「え？　私の話聞いてますか!?」

たぶん全然聞いていない。

すんごいぐいぐい来る。

リーシャという人物は恐らく人の話が耳に入らないタイプなのだろう。リリムが怪訝《けげん》な表情を浮かべても、気付いていないのか目を輝かせて王都へ来て欲しいと捲し立てるばかり。

「王都へ向かう準備は既に調えましたので、さっそく今から出発しましょう！」

などと言うリーシャに手を取られそうになったので、リリムは思わず彼女の手を振り払ってしまった。すかさず後ろの聖騎士が剣鞘に手を掛けたのでリリムは青くなる。

「ちょちょちょちょ聖騎士様！　今のは別に危害を加えようとした訳じゃないですよ！」

「そうですよ、リズ！　今すぐその物騒なものから手を離しなさい！」

「あ、そこは話聞いてくれるんですね」

リーシャが制止してくれたお陰でリズと呼ばれた聖騎士が剣鞘から手を離してくれた。命拾いしたなとリリムはホッと胸を撫《な》で下ろすも、まだ安心するには早かった。

聖騎士は止まっても、リーシャは止まる気配がない。安堵《あんど》したのも束《つか》の間《ま》、再び手を取られてしまった。

「まったく騎士というのは野蛮ですね。未来の聖女候補であるリリムさんの肌に傷跡が残ったらどうするつもりなのでしょうか。ね？　リリムさん」

ね？　ってなに、とリリムは眉間にしわを寄せる。

「すみません、ちょっと聞き逃してしまったので、もう一度今の話をして貰っても良いですか？」

「リリムさん、聖女になりましょう」

「いやいやいやいやいやいや」

話が全然分かんねぇ、とリリムは頭を抱える。

王都に来てくださいまではなんとか理解出来るが、そこから聖女になりましょうとは話が飛躍し過ぎではないのか。リリムが聞きそびれただけで、二つ三つ重要な話を間に挟んでいたかも知れない。

そう言えばとリリムは思い出す。

ルーゴが頼み事をする際にこんなことを言っていたのだ。

（リーシャは詰め寄りが激しいタイプの女性だ。場の流れを支配される前に、こちらから無理にでも話を進めるのが吉だ）

その話を思い出し、リリムは一つコホンと咳払《せきばら》いをする。

「リーシャ様、お話があります」

「いえいえ、お話ししたいのはこちらなので。王都に来てくださった際には、衣食住の面倒は全て教会で見ますのでどうかご安心を。何も心配することはありませんよ」

「こんなにぐいぐい来ることある!?」

聖女の勧誘が来たと思ったら、次の話題でもう王都での生活の工面の話をされていた。怪しい押し売りでもここまでぐいぐいとは来ないだろう。以前、騙《だま》されて壊れやすい鍋を購入させられたリリムには分かる。

隣のティーミアに助け船を出して貰おうにも「あたしは？　あたしには聖女にならないかって聞いてこないの？」と戯言《たわごと》を抜かしていたので期待は出来なさそうだ。

聖女リリムと呼ばれるのはやぶさかではないが、リリムは王都へ行く気はさらさらないのだ。なので大げさにゴホンと咳払いをしてリーシャの口撃に終止符を打つ。

「リーシャ様ッ！」

「はい、どうかされましたか？」

支配されつつあった場の流れをリリムが僅かに摑む。

「いいですか？　よく聞いてください。あなたのお話は全てお断りします。私も、ティーミアも、ルーゴさんも、あなたに付いて行くつもりは毛頭ありませんッ！」

「そ、そんな……」

ようやくリリムの話が耳に通ったリーシャが顔を青くする。聖騎士が不機嫌な態度を隠さないので少し怖いが、やっとリリムに反撃のチャンスが回ってきたのだ。護衛が恐ろしくて身を引いている場合ではない。

「そうです！　全て却下です！　なので王都へお帰りください！」

「じゃあリリムさんも一緒に帰りましょう！」

「へ」

ガシリ、と手を摑まれた途端にリーシャの足元が淡く発光する。

リリムが驚く暇もなく、展開された魔法陣が金色に輝き始め、診療所の室内が光に満たされる。

「なに？　なに!?　何事ですか!?」

「王都へと向かう為の【転送魔法】です。断るにしても決断を急ぐ必要はありませんよ。ですので、アラト聖教会へ体験入信してみましょう。きっとお気に召される筈ですから」

「リーシャ様は生き急ぎ過ぎですよ!?」

リーシャの言葉通りなら、このまま問答無用で王都へと連れて行かれてしまう。

「リリム！　あたしの手を摑みなさいッ！　早く！」

一瞬反応に遅れたティーミアが、未《いま》だ動揺を隠せないリリムの手を取り、この場から逃れようとするも判断が遅かった。

魔法陣が強く輝き始める。

転送魔法が行使されるまで間もないことは、魔法に関して素人のリリムにも理解出来た。

視界が光に包まれていく。

その時だ。

「リリム！　ティーミア！」

診療所の窓を突き破って何者かが侵入して来た。

リリムが視界の端に捉えたその男は真黒の兜を被っている。ルーゴだ。

咄嗟《とっさ》に助けに入れるように、診療所の近くで待機していたのだろうか。

ただ、ルーゴもまさか強引に転送魔法を使用されるとは思っていなかったのだろう。

「くそッ、間に合わんか！」

「これはこれは、ルーゴさんも来てくださいましたね。では、お三方を纏《まと》めて王都へとご案内致しましょうか」

微笑んだリーシャが両の手を柔らかく合わせると、診療所を満たしていた光が消え失《う》せた。

——【転送魔法】。

それは魔法陣の上に立った全てのモノを瞬間移動させる高等魔法だ。一度、行使されればいくら魔法の耐性が強かろうと抗《あらが》う術《すべ》はない。

「お待たせっす、皆さん。ハーマルさんからお茶菓子貰って来まっしたよ！」

診療所には、遅れてやって来たペーシャしか残されていなかった。

「あ、あれぇ？　皆どこ行ったのかな」

「ではリリム様、こちらにお召し物をご用意しましたので」

「は、はい。ありがとうございます」

田舎にあるリリムの診療所とは違い、どこか厳かな雰囲気の一室にてリリムは聖女の衣装である聖法衣を手にする。

リーシャが使用した転送魔法によって強制転移させられた先はアラト聖教会であった。

案内された衣装室の内装はリリムが手にする聖法衣と同様に白を基調としており、一部に金色の装飾が施されている。リリムはアラト聖教会の内観を目にするのは初めてだったが、恐らくこの教会全体がそういう造りとなっているのだろう。

「リリム様？　聖法衣はお気に召しませんでしたか？」

「あ、いえ、そういう訳では。自分で着替えられますので、席を外して貰《もら》えると助かります」

「承知しました」

教会のシスターだろうか、修道服の女性が頭を下げて言われた通りに衣装室を後にする。

無理やり連れて来た、それでなくとも余所者《よそもの》であるリリムを一人きりにするのは無警戒が過ぎる対応だ。まるで神が見ているので問題ない、何が起きても大丈夫だと言わんばかりに。

事実、同じくアラト聖教会に転送されたルーゴからは、

（ここは敵地だ。しばらくは大人しく言うことを聞いていよう。いくら俺でも周り全員が敵となれば、お前達《たち》の安全を保証出来ないのでな）

と提案されたのでリリムは下手に動けない。

一人にされたといえども脱出は困難だろう。内外問わず、教会の者の目がある。

「この聖法衣？　着なきゃ駄目かなぁ」

リリムが手にしている衣装は、聖女が普段身に着けている『聖法衣』と呼ばれる衣だ。造り自体はシスターが着る修道服と同じであったが、色が真っ白なのと一部に金色の装飾が施されているので悪目立ちしそうである。

聖女ではないのであまり気乗りはしないが、ルーゴに言うことを聞いておけと言われてしまっているので、リリムは仕方なく聖法衣に袖を通すことにした。

「よし、これで良いかな」

姿見に自身を映し、一応服に乱れがないことを確認する。

なるほど、どうして。服装さえ正してしまえば田舎娘もどうにか聖女に見えなくもない。

「あ、意外とイケるのでは……っ」

「ちょっとリリム！　いつまで着替えてるのよ！」

「どわぁッ!?　ティーミア！」

突然、衣装室の扉がけたたましく開かれ、奥からティーミアが姿を現す。

どうやら彼女も別の部屋でお着替えさせられていたらしく、シルフの装いから一転、修道服へと衣装チェンジしていた。

「どう?　見て見て、シスターティーミアよ」

「わぁ、可愛《かわい》いですね」

「でしょでしょ」

その場でくるりと回ってティーミアが自信満々に胸を張る。

リリムの中でシスターはお淑《しと》やかなイメージがあったのだが、ティーミアのような活発な子もこれはこれでありだなと思わされた。ティーミアに懺悔《ざんげ》するとシルフの神様が赦《ゆる》しを与えてくれるのだろうか。

などとリリムがどうでも良いことを考えていると、ティーミアにちょんちょんと服を引っ張られる。

「ちょっとこっち来なさいよリリム。あんたに面白いものを見せてあげるわ」

「面白いもの？」

手を引かれて衣装室を後にし、教会の廊下を進んで行く。

途中途中に設けられたステンドグラスが陽光を通して廊下を照らしており、女神と思《おぼ》しき像も視

界に入ったので、リリムは本当にアラト聖教会へ転送されてしまったんだなとしみじみと思った。

それも束《つか》の間《ま》、廊下の奥で一人の聖騎士がリリム達を待ち受けていた。

「遅かったなリリム」

「ん？　誰ですか？」

そこまで言い切ったところでリリムはハタと気付く。

この真っ白な鎧《よろい》を着こんだ聖騎士が真っ黒な兜《かぶと》を被《かぶ》っていることに。

「もしかしてルーゴさん？」

「そうだ」

リリムの眼前にはなんともまあ珍妙なモノクロの騎士が突っ立っていた。どうやらルーゴもリリムやティーミアと同じくアラト聖教会に相応《ふさわ》しい装いに衣装チェンジさせられたようだ。

しかしそれでも外さないのかその兜。

後ろでティーミアが腹を抱えて廊下を転げ回っているのでどうにかして欲しいとリリムは思った。

「おや、お召替えが終わったのですね。皆様とってもお似合いですよ」

着替えが終わった三人が廊下に集まると、それを見計らったようにリーシャも上機嫌そうに合流する。手を合わせて笑みを浮かべるリーシャだったが、視線をルーゴへ移すとその表情がやや引き攣《つ》った。聖女の目にもモノクロは異形として映るらしい。

「か、兜はそのままなのですね」

「駄目か？」

「い、いえ、そういう訳では……」

声色を不機嫌そうにしてルーゴはリーシャを睨《にら》み付けていた。不快感を隠そうとしないその態度にリリムはルーゴに小さく耳打ちする。

「ルーゴさん、あまりリーシャ様を刺激しない方が」

「む、ああ、そうだな。すまない」

リーシャは人の話を聞こうとせず、転送魔法を使って誘拐紛《まが》いのことをする要注意人物だ。少なくともリリムの中ではそういった認識の人物となっている。

下手に刺激すれば何をしでかすか分からない。

なのでリリムはルーゴに注意する。

それにルーゴが先に言っていたではないか、リーシャに酷《ひど》い目に遭わされたと。だからルーゴは不快感を露《あら》わにするのかも知れないが。

「では、今日は体験入信なのでアラト聖教会がどういったものなのかを簡単に見学しましょうか」

こちらです、とリーシャが一言添えて廊下を歩いて行く。

この隙に逃げられないのかとリリムは考えたが、ルーゴとティーミアが彼女の後を付いて行ったので、ここは大人しく従うことにした。

リーシャがまず案内したのは教会の東に位置する礼拝堂だった。

「うぉぉ、綺麗《きれい》ですねぇ」

そこに飾られた絵画に思わず感嘆の声がリリムの口から漏れる。

視線が引きずり込まれると表現すれば良いだろうか、礼拝堂に足を踏み入れたリリム達の視線はまず見事な色彩で描かれた絵画に吸い込まれた。

「ふ～ん、これが人間の文化なのね。良いじゃない」

どうやらティーミアもリリムと同意見のようだ。

素人目に見ても綺麗だ、そう思わせられるあの絵には一人の女性と一匹の鳥が描かれている。鎧を着込んだ女性、赤い羽の鳥、その二つが絵画の中に収められていた。

女性の方は恐らく女神アラトなのだろう。教養があまりない田舎娘のリリムにもそれは分かる。

ただ、赤く燃えるような翼を持っている鳥の方は分からない。

あれはなんなのだろうかとリリムが首を傾《かし》げていると、

「あれは不死鳥ベネクスだ」

ルーゴが赤い鳥を指で示した。

なんでもその鳥は不死の肉体を持っており、何度殺そうがその身を再生させて仕返しにやってくる厄介極まりない鳥とのこと。

「故にベネクスは復讐《ふくしゅう》の象徴として様々な文献に記されている」

「へぇ～、そうなんですか。ルーゴさん物知りですね」

てっきり絵画についてはリーシャが解説してくれると思っていたので、リリムはルーゴの意外な一面を知って驚いてしまう。自分と同じくこういった面の知識はないのかと勝手に思い込んでいた。

「お前も恋愛小説ばかり読んでないで、もっと他の書物にも目を通せ」

おまけに注意もされてしまった。

こればかりはリリムも照れながら素直に頷《うなず》いた。

「ねぇ、あたしも描いて欲しいんだけど。あの絵画に」

「それは無理じゃないですかね」

隣でティーミアがそうのたまっていた。

よほどあの絵画が気に入ったのか、自分も絵画の中に収まりたいらしい。無理と答えれば「なんでよ！」と頬を膨らませてしまう。

「ベネクスもアラトも実在していて今もこの世界を見守ってくれている。加護という形でな。妖精王の加護も然《しか》り。ティーミア、いつかお前も世に加護を与える存在になれば、ここの絵画に描かれるかも知れないぞ」

「ほんとッ!?　じゃあもっともっと頑張るわ！」

一体何をどう頑張るかは分からないが、ティーミアを上手《うま》く宥《なだ》めるルーゴの博識ぶりにリリムは感心するばかりだった。

リーシャも同じようで、目を輝かせながらルーゴへと駆け寄って行った。

「す、素晴らしいですよルーゴさん！　ベネクス様に関する知識だけでなく、一般教養としてあまり広まっていない加護にまで明るいだなんて！　聖騎士に！　今すぐ教会の聖騎士になりましょう！」

「ええい！　ならん！　前にも言っただろう、聖騎士にはならないと！」

リーシャに手を取られると、ルーゴは強引にその手を振り払った。

リリムはまた強引な勧誘が始まったなと身を引く。しかし、意外にもリーシャは呆気《あっけ》を取られた様子でぽかんと口を開けており、以前のような強情な姿は見せなかった。

なんとも言えない空気の中、リーシャがぽつりと沈黙を破る。

「あ、あら？　勘違いでしょうか。私、ルーゴさんを聖騎士に誘ったのは今回が初めてなのですが」

「……、知らん、次へ行くぞ。今日は体験入信なのだろう？」

「あ、お待ちくださいルーゴさん！　私が案内するのですよ！」

誤魔化すように礼拝堂を後にしようとするルーゴをリーシャが慌てて追いかけて行く。

残されたリリムが今のやりとりにとてつもない違和感を覚えている中、ティーミアがその違和感の正体に答えを出した。

「ねぇ、ちょっとおかしくない？」

「な、何がです？」

「ここに来てからずっと思ってたんだけどさ。ルーゴがあの女に酷い目に遭わされたってリリムも聞いたでしょ？　ってことは、少なからずお互い面識があるってことじゃない？　それなのにさ」

ティーミアはルーゴの背を追うリーシャに視線をやりながら続ける。

「あのリーシャって奴《やつ》、まるでルーゴと初対面みたいに接してない？」

確かに、とリリムは納得したように頷いてみせた。

◇◆◇

互いに面識がある筈《はず》のリーシャがまるで初対面であるかのようにルーゴと接するその理由。

ルーゴはリーシャに手痛い仕打ちを受けたと言っていたので、必ず顔を合わせている筈なのだが、面識があるのはルーゴ一方だけという状況が目の前で先ほど繰り広げられた。

リリムとティーミアは一体どういうことなのだろうと考えた。

「あれじゃない？　辻斬《つじぎ》りみたいな感じであの女が一方的にルーゴに襲い掛かったみたいな」

「それだとバーサーカーが過ぎませんか、リーシャ様」

聖女がそんなことする？　とリリムは顔を顰《しか》める。

しかしながら、リーシャは拉致紛いのことをニコニコしながらしでかすので、決してなくはないと思えるのが非常に恐ろしい。その場合、リリムが今まで思い浮かべていたSランク冒険者ルークのパーティメンバーであったリーシャ像が完全に崩れてしまうのだが。

リリムが知るリーシャ・メレエンテ。

アラト聖教会が抱える聖女の中で最も有名なのが彼女だ。

温和で笑みを絶やさず、楚々《そそ》と職務に励むその姿は王都で圧倒的な人気を誇るらしい。現にリリムはファンであった。彼女に会いたいが為《ため》に教会に足を運ぶ者が後を絶たないのだとか。

その人気に更に箔《はく》を付けているのが、英雄ルークとパーティを共にしていたAランク冒険者であるという事実。

聖女として。冒険者として。活性化した魔物の被害に苦しむ人々を憂い、少しでも魔物の数を減らそうと冒険者業に励み、親を失った孤児の保護にも積極的なのだとか。

そういった話をこれまでリリムは何度も耳にしている。なので辻斬りなんてバーサーカー染みた真似《まね》をするのだろうかと甚だ疑問であった。人の拉致はしでかすが。

「単純に兜を被っているからルーゴさんだと気付かないのでは？」

リリムの見解はごく単純なものだった。

「それだと声はどうするのよ。面識があるなら声とか、ちょっとした仕草で顔を見なくても分かりそうじゃない？」

「むむむ、たしかにティーミアの言う通りですね」

「あ、いや、ちょっと待って。そうか、あれがあったわね」

「どうしたんです？」

何か思い立った様子のティーミアが指を立てて、昔、人間が持っていた書物で見たという『とある不思議な効果を持った防具』のことを語る。

「それはたしかルーゴが被っている兜と同じで真っ黒な色をしていたわね。で、その能力は『認識阻害』だった筈。身に着けた者を誰が誰だか分からなくしちゃうんだってさ」

なるほど、とリリムは顎に手を添えて考え込む。

それならリーシャがルーゴと初対面であるかのように接する理由と、ルーゴが決して兜を外そうとしない理由の両方に納得がいく。

身に着けた者を『誰か認識出来なくする』不思議な防具。仮にリリムがその防具を身に着ければ、簡単に正体を隠す事が出来るのだろう。たとえ親しい友人に声を聞かれようとも、相手はリリムをリリムだと認識することは出来ない。なにせこの防具には『認識阻害』の能力があるのだから。

ルーゴが何故《なぜ》そんな防具を持っているのか、何故そんな防具を身に着ける必要があるのだろうかと新たな疑問が出て来るが、それらはリーシャから身を隠したかったからで全て片付いてしまう。

一応、ティーミアの言っていることは全て胸にストンと落ちる気がした。

「ん？」

そんなことをティーミアと話し込んでいると、ルーゴとリーシャを追いながら廊下を歩いていたリリム達の視線の先で、人だかりが出来ていた。

その中央に居るのがモノクロの珍騎士ルーゴだったのでリリムは表情を引き攣らせる。今度は一体何をしたのだろうかと足早に人だかりへ向かって行けば、

「あなたが最近、噂《うわさ》のルーゴ様なのですね」

「鎧の上からでも分かります、逞《たくま》しいお体をしてますのね」

「とっても大きな魔物を剣で斬ったというお話は本当なのですか？」

「詳しくお聞かせ願いたいですわ、今度お食事でもいかがでしょうか？」

「この真っ黒な兜も素敵ですこと。まるで芸術品のようです」

などなどと、教会のシスターや聖女であろうか女性達に囲まれたルーゴの姿がそこにはあった。

どうやらルルウェルが流したであろう噂はアラト聖教会にまで伝わっているらしい。

「あぁーッ！　ちょっとあたしのルーゴに何してんのよ！」

何故だかとんでもない人気ぶりを誇るルーゴの様子を見て、慌てたティーミアが人垣に飛び込んで行った。しばらくすると、人波に揉《も》まれて目を回したティーミアがペッと吐き出される。

「ティーミア、大丈夫ですか？」

「うぅぅ……。な、なんでルーゴがあんなにモテるのよ。アーゼマ村だったらそんなこと全くなかったのにぃ～」

「アーゼマ村はお年寄りが多いですからね」

ルーゴは村では用心棒として頼られており人気もそれなりだが、お婆《ばあ》ちゃん達の恋愛対象として

は見られていない。それが若者の多い王都へ来ればこんなことになるとはリリムも予想外。

「リリムさん、リリムさん、本当に申し訳ありません。どうやら教会の女性陣がルーゴさんに興味津々のようでして」

「はぁ、そのようですね」

いつの間にか横に来たリーシャが笑みを浮かべながら謝罪してくる。

リリムは心底どうでも良さそうに返事を戻した。

「教会は殿方が少なくてですね。司教様もお年寄りの方ばかりですし、数少ない聖騎士様達もお堅い方ばかり。皆、色恋沙汰に飢えているのです。どうかご容赦を」

「別にルーゴさんがどうなろうと容赦も何もないですけどね。でもシスターの方って色恋沙汰とかそういうのって許されてるんです？」

「アラト聖教会の主神は女神ですからね。男性の方は女神様に寄り添う為《ため》生涯独身を貫きますが、女性にそういった縛りはないのですよ」

だからアラト聖教会の女性達はあんなにも積極的なのかとリリムは納得する。

「それに、ほら、御覧ください」

リーシャに手を添えられて、見るよう促される。

その先に居たルーゴはまるで騎士のように振る舞っていた。

「申し訳ありませんご婦人方。今日の私は護衛の身ですので皆様のお相手が出来ません。ですので今度、暇が取れましたらこちらへ伺いますので、しばしのお時間を頂けないでしょうか」

などと普段の用心棒という姿からは想像出来ない澄ました台詞《せりふ》に、これまた丁寧な一礼を添えてシスター達に断りを入れていた。

聖騎士の鎧を着込んだその姿も相まって、リリムの目にもどことなく様になって映った。頭に真っ黒な兜をしていること以外はほぼ満点ではないかと錯覚してしまうくらいに。

「とても強いという噂も聞きましたし、お顔を隠しているそのミステリアスな雰囲気もまた、女性陣達にとって人気の秘訣《ひけつ》なのでしょうね」

「そ、そうなんですね」

リリムはルーゴの顔を未《いま》だ見たことがない。

ミステリアスと言われればミステリアスだが、不審と言われれば不審だろう。

腕を組んでしばらく様子を見守っていると、ようやくルーゴが人だかりを抜けてこちらへ向かって来る。未だシスターや聖女達の熱い視線に後を追われる中、ルーゴが傍《そば》に来て手を差し伸べてきた。

意図が分からずリリムが頭に疑問符を浮かべれば、

「人が多くなってきた。離れるといけない、俺の手を取れリリム」

理由は敵地の真《ま》っ只中《ただなか》だからなのだろうが、先ほどのルーゴの騎士然とした振る舞いを見ていたリリムは何だか妙に小っ恥ずかしくなってしまう。

「み、皆が見てますから、やめてください……」

「ならばなおのことだろう。誰が敵か分からんからな」

「わ、分かりました」

リリムは思わず手を取ってしまった。以前にも森の中で『危ないから』という理由で手を引かれたが、その時とは胸の内に渦巻く感情がまるで違う。

「ちょっとルーゴ、あたしとは手ぇ繋《つな》いでくれないの？」

「お前は強いから問題ないだろう」

「何よ、別に良いじゃない。反対の手はあたしが貰うわね」

「駄目だ。両の手が塞がったら誰がお前を守るんだ」

「ちょ、その言い方は卑怯《ひきょう》よ」

隣でルーゴとティーミアが夫婦《めおと》漫才をしていたがまるで頭に入って来ない。つい顔を伏せてしまう。リーシャがニマニマしながらこっちを見てくるのが非常に気に入らない。

「あの娘、ルーゴ様とどういったご関係で？」

「確か、体験入信にいらしたリリム様ですよ」

「ということはルーゴ様と一緒の村に……」

背後から飛んでくるシスターや聖女の鋭い視線でチクチクと背中を突かれ、なんだこれと思いながらリリムはルーゴに手を引かれてこの場を後にした。

その後、リリム達はしばらくリーシャの案内に従い、アラト聖教会の施設を巡った。仰々しく女神の石像が祀《まつ》られた大聖堂。儀式典礼が行われる祭壇。聖歌が歌われるクワイヤ。などなどを。

リリムはちょっとしたテーマパークに迷い込んだ気持ちで教会見学を楽しんでいた。

ほとんど誘拐されるように連れて来られたが、今のところリーシャが危害を加えて来る様子はないので少しだけ楽しむ分には問題ないだろう。

ただし油断は良くない。

リーシャの案内に従っている最中、何度か今のうちに逃げ出せないかとティーミアに確認を取ってみたものの、

「ばかちん。あんた気付かない？　外には聖騎士がびっしりよ。隙なんかないわ。そりゃ力尽くでって言われたら訳ないけどさ」

と言われてしまった。ルーゴからは、

「強引に押し通ることは出来る。だが、聖職者を傷付ければ罪に問われるのは俺達の方だ。すまないリリム、もう少しだけ辛抱してくれ」

とのことだった。

どうやら戦闘に関して素人のリリムが気付かないだけで、周囲にはびっしりと聖騎士達が待ち構

えているらしい。何故、リーシャはこうまで徹底して田舎に住む村人を囲むのだろうか、とリリムは疑念を持ちながら案内に従っていった。

やがて陽《ひ》も落ち始めた頃に辿《たど》り着いたのは、

「さて、ここが私の案内する最後の施設『聖域リディルナ』です」

そう説明してリーシャが巨大な扉に手を掛けると、扉に掘られた溝に沿って光が走っていった。

直後、重々しい音を伴って重厚な扉が開いていく。

——聖域リディルナ。

そう呼ばれた最後の施設がリリム達の視界に広がった。

「あれ？　意外と大したことないわね」

先に口を開いたのはティーミアだった。

それと同時に似たような感想をリリムも抱く。

なにせ広々としたその施設の中は、壁も床も天井も真っ白で窓一つないのだから。飾り気もない、調度品の一切も見当たらないその部屋の中央で、聖書台がぽつりと設置されているのみ。

今まで見て来た教会然とした施設ではなく、リディルナと呼ばれたこの空間は確かに聖域と呼ばれるに相応《ふさわ》しい不思議な雰囲気が漂っていた。

「上も下も真っ白ですね。こんなところに長時間居たら頭痛くなりそうです」

「たしかにそうね。あたしなら十分も耐えられそうにないわ」

リーシャの案内で足を進めて行くと、突如として入口の扉が閉ざされた。

割と大きな音がしたのでリリムは体をビクリと震わせてしまうも、リーシャは笑みを浮かべながら「大丈夫ですよ」と安心させるように言う。そして手の平を部屋の中央へと差し向けた。

「あちらに置かれていますのが、女神アラト様が私たち聖女にお告げを降ろす際に使われる聖書になります」

言ってリーシャはその手をリリムへと向けた。手を取れということなのだろう。

「さあ、リリムさん。あなたは聖女に相応しい資質を持っています。どうぞ前へ。怖がらなくて良いですよ。女神アラト様に祈るだけですので」

「は、はぁ。分かりました」

下手な行動は控えておこう。ルーゴに言われた言葉だ。

なのでリリムは促されるがままにリーシャの手を取って聖書台の前へと立つ。そこに置かれた聖書と呼ばれる書物は既に開かれており、ページには何も書かれていなかった。白紙だ。

「リーシャ様、これは？」

「ここで聖女の資質を持つ者が祈ると、こちらの聖書に女神アラト様のお告げが綴《つづ》られるのです。なので今はまっさらという訳ですね」

「なるほど？」

ここで祈ればお告げが降りると。なんか怖いな、とリリムは身を強張《こわば》らせた。

周りは何もないただ真っ白な空間で、その中央にぽつんと置かれた聖書に祈ってみろと言われているのだ。何かとんでもないギミックが隠されていそうで恐ろしくなってしまう。

後ろにはあのルーゴとティーミアが控えているので、何が起きたとしても大丈夫なのだろうが、得も言われぬ恐怖がリリムの胸にふつふつと湧き上がってくる。

「そういえば、リーシャ様はアーゼマ村でお告げがどうとか言ってましたね。リーシャ様の時は聖書に何が書かれていたんですか？」

リリムが少しばかり話題を逸《そ》らすとリーシャは三本の指を立てた。

「私に降りたお告げは三つです。一つは『アーゼマ村で暮らす魔物の娘が、王国に救いをもたらす』です。魔物の娘、私はこれがティーミアさんなのではと考えています」

リーシャは一本、指を折り畳む。

「もう一つは『待ち人が来る』というお告げ。私はある程度の実力を持ったお方を探していました。強力な魔物達に対抗出来る強者を。待ち人、私はこれがルーゴさんであると確信しております」

リーシャは一本、指を折り畳む。

そして、その手を隠すように背の後ろへと持っていった。

「あの、リーシャ様？　もう一つのお告げは……」

「あら、私は二つと言いませんでしたっけ？」

「な、何を、一体どうしたんですか」

その返答にリリムはリーシャに対して不信感を抱く。そもそもこれまで彼女が話していた内容に一つ、不可解な点があったのだ。

何故、リリムが聖女の資質を持つかだ。

聖女と呼ばれるからには女性が選ばれる職業なのだろう。ならばどうして、同じ女性であるティーミアは聖女に誘わないのだろうか。それが分からない。

どうしてリリムだけが聖女の資質を持つと言われて聖法衣を貸し与えられたのか。

「り、リーシャ様、一つ聞かせて貰っても良いですか？」

「はい、どうかしましたか」

「聖女の資質、その条件を教えて貰えないでしょうか」

そう尋ねると、リーシャは笑みを解いてリリムの体を下から上へと、まるで品定めするように無表情のまま眺め始めた。

リリムの額に冷や汗が滲《にじ》む。どうして今、リーシャはアーゼマ村に来てから常に絶やさなかった笑みを消したのだろうか。その真意が分からずリリムの背筋に悪寒が走る。

たまらずリリムがルーゴへ向かって助けを呼ぼうとすれば、突然リーシャに手を取られてしまった。そしてリーシャの顔が目前にまで迫って来る。

「条件……、良いでしょう、教えて差し上げます。それは『類稀《たぐいまれ》な才能を持つ美しい人間の娘』ですよ。その条件を持つ人間だけに女神様のお告げが与えられる。故に資質なのです」

リーシャが無表情で淡々と続ける。

「そう、人間の娘だけです。人間の娘だけに女神様のお告げが与えられる。だから魔物のティーミアさんでは駄目なのです。だから、リリムさんにお願いしているんですよ」

リーシャが無表情で続ける。

人間の娘を強調して、ルーゴやティーミアには聞こえない小声で、リリムの耳元で呟《つぶや》いた。

「私に降りた三つ目のお告げ。それは『今日、聖域を訪れるアーゼマ村の住民の正体は魔物である』だったのです。びっくりですよね」

アーゼマ村の住民に扮《ふん》した魔物が聖域を訪れる。

そう言いたいのだろう、リーシャの視線が鋭くなり、リリムを睨み付けて来る。

「私はそれが、リリムさんなのではと疑っていました」

リリムが体をビクリと震わせる。

リーシャは耳元で、そっと告げた。

「死にたくなければ祈ってみせろ。私は聖女であると同時に、民に仇《あだ》なす魔物を滅する冒険者だ。もしお前の正体が魔物であるならば容赦はしない」

リリムは全身の震えが止まらなかった。国が誇るAランク冒険者に容赦しないと言われ、全身の肌が粟立《あわだ》っていた。

死にたくなければ祈ってみせろ。やるしかない。

この状況でルーゴに助けを呼べば、リーシャは即座に襲い掛かってくるだろう。

言われた通りにリリムは聖書に向かって震える両手を合わせた。

「め、女神様……どうか、お願いします」

祈りを捧《ささ》げたのは僅か数秒だ。たったそれだけの祈りで、聖書は独りでに文字を刻んでいく。


『――その娘、人間に非《あら》ず』


刻まれた文字。聖書にはそう綴られた。

直後、リリムの視界の端で強い光が瞬《また》き、金属音が激しくぶつかり合った。

「きゃっ!?」

突然の衝撃音。それと共に体を走った衝撃にリリムは頭を庇《かば》うようにして伏せた。次いで遅まきながら理解する。自分がルーゴに抱きかかえられ、守られていたことに。

対峙《たいじ》するように向かい合っていたリーシャがこちらを冷たい目で見下ろしている。その右手は金色に発光しており、魔法を発した痕跡があった。

ルーゴの右手の鎧が消し飛んでいる。

剝《む》き出しになったその腕には夥《おびただ》しい血が滴り落ちていた。

「る、ルーゴさん！　腕が……、腕がッ！」

「大丈夫、軽傷だ。安心しろ」

だから落ち着け、とルーゴがリリムを抱える腕の力を強める。そして、兜の隙間から覗《のぞ》く目がリーシャへと向けられた。

「突然リリムの様子がおかしくなったと思えば、これはどういうことだリーシャ。この子が一体何をしたと言うつもりだ。説明して貰おうか」

「その人間モドキを放してくださいルーゴさん。そいつは人間に扮した魔物です。何を企《たくら》んでいるのか知りませんが、人に危害を加える前に、人に被害が及ぶ前に殺しましょう」

「なんだと?」

視線を下げたルーゴと目が合う。その目は酷く困惑した様子を見せていた。

それもそうだろう。今の今まで自分達と同じ人間だと思って接していた者が、実は魔物だったと知らされたのだから。無理もない。

「ち、違うんです……、違うんですルーゴさん」

リリムを抱くこの腕が、いつその力を強めてリリムを絞め殺してもおかしくはない。だからリリムは命乞いをする。涙を滲ませて首を振り、言い訳にもならない言い訳をする。

しかしルーゴがリリムへ向けるその目に、敵意は全く感じられなかった。

「すまないリリム。まさかこんなことになってしまうとは。初めから強引にでも教会から脱出するべきだった。いや、そもそもリーシャに会わせるべきではなかった。安心しろ、お前をあの女にも誰にも殺させはしない」

「ティーミア！」とルーゴが叫ぶとリリムはティーミアに腕を引っ張られた。向かう先は出口の扉。彼女も色々と混乱した表情をしていたが、今はリリムを守ることに専念してくれている。

「おっと、逃がしはしませんよ」

「っく。なんなのよ邪魔くさいわねッ！」

不敵に笑ってみせたリーシャが指を弾《はじ》けば、聖域を閉ざしていた扉の前方に複数の魔法陣が展開され、屈強な聖騎士達が続々と姿を現した。リーシャの転送魔法だ。

「ふふふ、これで逃げられませんよ」

「ティーミアを相手に転送魔法を使ったのは失敗だったな」

「ん？　どういうことでしょうか？」

背後でリーシャと対峙するルーゴがリリム目掛けて腕を払って魔法を展開する。発動されたのは横方向に力が向けられた重力魔法だった。

照準はたった今、聖騎士達が転送されて来た魔法陣に合わせられている。

「リリムを頼むぞティーミア！」

「わぁ～ってるわよ！　あんたこそ死ぬんじゃないわよ！」

転送魔法は何も一方通行ではない。

この魔法は魔法陣の上に立った者を瞬間移動させる魔法だ。魔法耐性を無視して行使されるそれは、どちらも入口と出口の両方の性質を併せ持つ。

つまり、魔法が解かれる前に魔法陣を踏んでしまえは、逆に転送魔法を利用出来てしまう。

「リリム！　しっかり捕まってなさい！」

「は、はいいいいぃぃぃぃ！」

風魔法、そして重力魔法によって更に加速が付けられたティーミアを先頭にして、リリム達が聖騎士の間を突き抜ける。こちらに聖騎士が腕を伸ばしてくるも、ティーミアは手に風を纏《まと》わせて振り払った。

「な、なんだこのシルフ！」

「速いぞ！　捕まえろ！」

呆気に取られた聖騎士達が振り返ったところでもう遅い。

ティーミアとリリムが魔法陣を踏み抜いた。

「残念、あんたら遅いわね。これがどこに繋がってるのか知らないけど、ここから外に出ちゃえばこっちのもんよ」

魔法陣の上に立ったことで視界が光に包まれる中、リリムはルーゴへと視線を向ける。彼はこの場に残り、リーシャと聖騎士達をたった一人で相手にするつもりなのだろうか。自分達を追わせない為に。

「ルーゴさん！」

リリムが叫ぶ。

すると、ルーゴは問題ないと言わんばかりに片手を振るっておどけてみせた。

「後は俺に任せろ」

それが耳に届いたのを最後に、リリム達の視界は暗転した。

聖域リディルナには重苦しい空気が流れていた。

ルーゴの正面、右手に金色の光を纏《まと》わせるリーシャは不快感を隠そうとしない。先ほどリリムとティーミアをみすみす逃してしまったからだ。転送魔法を逆に利用しようとした二人を見て、慌てて魔法陣を閉ざそうとするも一歩遅かった。魔法が消え去ると同時に二人の影も消失してしまった。

それらを補助したのが、ルーゴが使用した重力魔法。

「今のは重力魔法ですね。そこいらの者が使えて良い魔法ではないですよ、ルーゴさん。あなたは一体何者なのでしょうか」

「さあな」

リーシャと対峙《たいじ》するルーゴの表情は兜《かぶと》に隠れている。真黒の兜を横に振って首を鳴らすと、リーシャの魔法を受けた右腕の傷が瞬く間に再生していった。

魔法を使った痕跡はない。

それを目にしたリーシャの目が鋭くなる。

「魔法を使わず傷を治す。ルーゴさん、あなたもあの娘と同じく人外、化け物の類なのでしょうか。

ただの人間とはとても思えませんね」

傷が完全に治ったのを確認し、ルーゴは重い溜息《ためいき》を落とす。

「化け物か。以前にもお前からそう言われたな」

「戯言《たわごと》を。あなたとお会いしたのは今日が初めてですよ」

吐き捨てたリーシャが空に手を振るうと輝く光の粉が舞う。そのまま光の粉は振るわれた手を追うように収束していき、やがて剣を形作った。

リーシャの手に握られたのは、聖女が武器とする女神の聖剣。

光の属性を纏うその剣は、斬り付けた対象の再生能力を封じる力を持つ。

一部、自己再生の力を持つ魔物に対して非常に有効な聖剣だ。コアを持ち、それを破壊するまで倒すことが出来ない魔物すら問答無用で死に至らしめる。

リーシャはルーゴを魔物と見立てて女神の聖剣を手にしたのだろう。

「ルーゴさん、私はリリムを追わなければなりません」

「それをさせない為《ため》に俺がここに居る」

聖剣の切っ先がルーゴへと向けられた。

「あの魔物は人間に扮《ふん》してその正体を隠していました。何を企《たくら》んでいるかも分からない。知恵がある分、普通の魔物より厄介な存在でしょう。今すぐ息の根を止めなければなりません」

「俺は反対だな。リリムはアーゼマ村で薬師をやっている優しい娘だ。その厄介な存在とやらが何《な》故《ぜ》、わざわざ人を癒す職に就いている」

「それすらも正体を隠す演技なのかも知れませんよ」

殺す。殺さない。互いに一歩も譲らぬ諍《いさか》いが聖域に響く。

やがて、言い争いに飽きたのかリーシャは一歩前へと進んで距離を詰めた。

「ルーゴさん、そこをどいてください。分かっていますか？　あなたの後ろには教会の聖騎士達《たち》が居るのですよ。挟み撃ちの形です。この状況を一人でどうにか出来るおつもりで？」

リーシャが顎を引いて合図を送ると、ルーゴの背後で指示を待っていた聖騎士達が一斉に剣を引き抜いた。再び合図が送られれば、その凶刃はルーゴに襲い掛かるだろう。

にも拘《かかわ》らず、ルーゴは体勢をピクリとも崩さない。リーシャから視線を離さない。

その態度を見てリーシャは余計に表情を鋭くする。

「余裕綽々《よゆうしゃくしゃく》といった感じですね。あなたの噂《うわさ》はかねがね、何でもジャイアントデスワームを剣一本で両断してみせたとか。ですが、その程度なら私も出来ますよ」

なにせ、と続けたリーシャは嘲るようにくすりと笑う。

「私は英雄ルークの元パーティメンバ――」

そこまで言い掛けたと同時だった。

ルーゴがリーシャの言葉に最後まで耳を傾けることもせず、腕を突き出して重力魔法を展開させた。横方向一直線に力が向けられたそれは、リーシャの体をくの字に曲げてふっ飛ばし、真っ白の壁に激しく叩《たた》き付ける。

「か、かはッ!?」

腹を押さえて咳《せ》き込むリーシャの目は困惑に満ちている。油断していたとはいえ、まるで反応出来なかったからだ。気付けば壁に叩き付けられていた。

「り、リーシャ様!?」

「大丈夫ですか！」

「おのれ、貴様ァ！」

それは聖騎士達も同じで、酷《ひど》く狼狽《うろた》えた様子でリーシャのもとへ駆け寄ろうとする。中には怒りに身を任せてルーゴに襲い掛かる者も居たが、その足はルーゴの一声で一斉に止まった。

「『動くな』」

その言葉通りに聖騎士達の体が硬直してしまう。

それは魔法か、それともただの気迫か。こちらに手の平を向けるルーゴの赤い目に見すえられて、聖騎士達は微動だに出来なかった。今、動けば殺される。そんな圧がルーゴから感じられた。

「全員、その場から動くな。邪魔だ」

ルーゴが手を振り上げると聖騎士達の頭上に重力魔法が発生する。その魔法は下に向かって重力を掛け、直下に居た者達を全員床に這《は》いつくばらせた。聖騎士の一人が魔法から逃れようと体を僅かに捩《よじ》らせると、重力魔法がその者だけに圧を強める。

形勢が逆転した瞬間だった。

先ほどまで人数では完全優位にあったのにあっさりと覆され、リーシャの頬を冷や汗が伝う。

「重力魔法をこうも自在に。いよいよ化け物染みてきましたね」

体勢を立て直したリーシャが口から滴る血を拭って聖剣を構える。

リリムは魔物であった。それの味方をするルーゴの正体も知れたものではない。この男もこのまま野放しにするのは危険だろう。

「……いいでしょう。これが最後の警告です。ルーゴさん、私とパーティを組む気はありませんか？」

「断る」

「そうですか、ではッ！」

リーシャが聖剣で十字に空を斬ると、ルーゴの足元に光の輪が生じた。

「せあッ！」

聖剣が天高く掲げられると同時に、輪から金色に輝く巨大な剣が突き上がった。

寸前で身を引き、剣を避《よ》けたルーゴの眼前で、役目を終えた剣が宙に霧散して消え失《う》せる。

リーシャが使用したこの技は【聖刻】と呼ばれる聖女専用の魔法だ。聖剣で文字——印を刻めば、それに対応した魔法が標的へと襲い掛かる。

聖剣でリーシャが空を突けば、ルーゴ目掛けて展開された輪が光線を撃ち出す。

それを避けられたとしても、聖剣を振るって印を刻めば次々に魔法がルーゴに襲い掛かった。反撃も許さない速攻が繰り出され続ける。

「防戦一方ですねルーゴさん！　兜を被《かぶ》ったままでは呼吸がし難《にく》いのではないでしょうか！　鎧《よろい》もさぞかし重たいでしょう！　あなたの正体が気になります！　さあ、その兜を外して顔を見せてください！」

聖剣を振るう手をリーシャは止めない。

ルーゴが降参して兜を外すまで魔法を行使し続けるつもりだ。

「どうです！　反撃する暇もないでしょう！」

横なぎに光の剣が振るわれるとルーゴは横転してそれを躱《かわ》す。

次に足元を狙って光線を突き出せば身を翻して魔法を避ける。

ちょこまかと動き回って躱し続けているが、いずれ体力に限界が来るだろう。再生能力を持っているようだが、体力までは戻らない筈《はず》。何も尽きるまで魔法を撃ち続ける訳ではない、要は体の動きが少しでも鈍れば良いのだ。

そこに勝機がある。兜も自ら外すことだろう。

「お得意の重力魔法も使わせませんよ！　さあさ、どんどん行きます！」

意気揚々と聖剣を振るい続ける。

そんなリーシャは気付いてもいない。

体力を減らし続け、体の動きが僅かにでも鈍るのを待っているのが、自分だけではないことに。

「なッ!?」

印を刻もうとしたリーシャの視界から突如としてルーゴが消え失せた。

魔法を放った際の光で見失った訳ではない。

今まで目で追っていたルーゴが突然消えたのだ。

「リーシャ様！　奴《やつ》は後ろです！」

唖然《あぜん》としていたリーシャに向かって聖騎士が叫ぶ。

慌てて振り向こうとするリーシャの頬にルーゴの拳が飛んだ。

「うぐッ!?」

【防御魔法】――咄嗟《とっさ》に金色の障壁を展開してダメージを最小限に抑えるも、衝撃はリーシャを突き抜ける。床に聖剣を突き刺して衝撃を堪《こら》え、即座に体勢を立て直して振り向き様に聖剣を振り払った。

「今のを防ぐとはやるようになったな」

軽口を叩きながらルーゴは身を屈《かが》めて聖剣を躱す。そしてリーシャに肉薄した。

「っく！」

――まずい。

聖刻魔法の弱点はその間合いにある。

聖剣を振るって印を刻む特性上、距離を取らなければ印を刻む空間がないのだ。なにより敵との攻防で印を刻む暇がない。

ルーゴは僅かな時間でそれを看破し、間合いをゼロにして来た。

いや、違う。

あの男は聖刻の弱点を既に知っていたのだ。

いつ。どこで会っていた。そんな考えを巡らせる時間も余裕もリーシャにはない。ルーゴの攻めがそれを許してくれなかった。

再生能力を封じる女神の聖剣の力は王国の誰もが知っている。田舎の住民であるルーゴだろうと知らない訳がない。それにも拘らずルーゴは抜き身の聖剣相手に果敢に攻め込んでくる。

リーシャはルーゴの攻撃を防ぐことで手一杯だった。

「くッ！」

「どうした、防戦一方か」

「何をこれしき！　私は、負ける訳にはいかないのです！」

正体を隠していたあの魔物をこのままのさばらせることは許せない。誰かに危害を及ぼす前に殺さなければならない。そうだ、魔物の所為《せい》で、魔物が活性化したことで国の民が苦しんでいる。魔物は殺さなければならない。

ルルウェルが有益と判断したシルフはまだ良い。だが、リリムを逃す訳にはいかない。

「魔物の味方をするならば、私はお前を断罪する！」

聖剣を大きく振りかぶり、真黒の兜を目掛けて振り下ろす。

その直後にリーシャは後悔した。ルーゴの挑発に乗ってしまったことを。

「がッ！」

半身を切って聖剣を躱したルーゴの蹴りがリーシャの首根っこを捉えた。

再び、聖域の壁に叩き付けられる。鈍い音がした。首に損傷を負ってしまったのか、体が動かせなかった。指の一本たりとも動かせない。聖剣もどこかに飛んで行ってしまった。

「ぐ、くぅぅあ……」

モロに痛撃を受けてしまったリーシャの口から苦痛の叫びが小さく漏れた。

立ち上がることも出来ず、激痛に表情を歪《ゆが》ませるその目に、ルーゴの影が映る。

恐る恐るリーシャが目だけを動かすと、兜の隙間から赤い目がこちらを見下ろしていた。

「リーシャ、昔からお前はすぐ頭に血を上らせてしまう癖があるな。だから状況判断を間違える」

「は、はぁ？　先ほどから何なのですかあなたは」

「なにより、自分が優位であると錯覚すれば集中を解いてしまう。だからそこにつけ込まれる。俺はいつも注意していた筈だが、まだ直っていないようだな」

言っている意味が分からないとリーシャは表情を更に歪ませた。

確かにルーゴは自分が完全優位に立ったと油断したリーシャの隙を突いて背後に回った。さらに

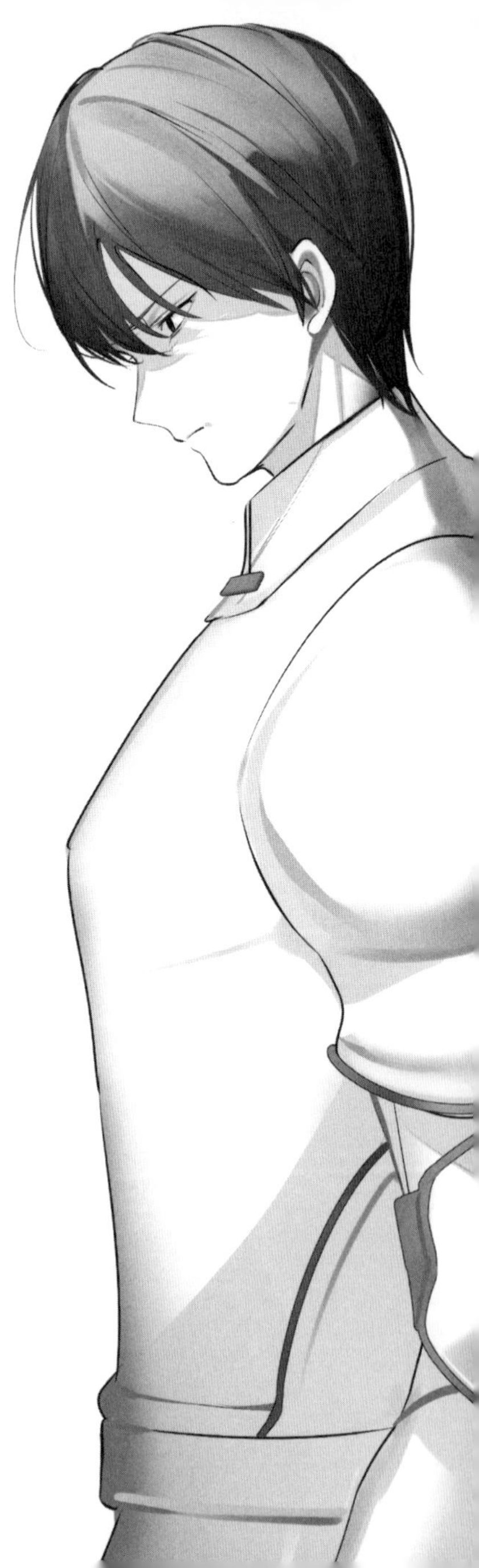

は、挑発を受けて頭に血が上ってしまったのが今の結果を生んだ。それは事実だ。

だが、指摘するその言い方は、まるで顔馴染《かおなじ》みに話しているようだった。

「あ、あなたは一体誰なんですか？」

だからリーシャは困惑する。

「分からないのも無理はない。俺がそう仕向けているのだからな」

そう言って兜に手を掛けたルーゴの声にリーシャは聞き覚えがない。彼の身のこなしも、小さな所作に至るまで、何もかも見覚えがない。

しかし、それは当然のこと。

何故ならルーゴが被っている真黒の兜には『認識阻害』の効果が付与されているのだから。

「久しぶり、と言えば良いか？」

「あ……あぁ」

言葉を失う。

三ヶ月以上も前だ。リーシャがこの男の命を奪ったのは。

「呆《ほう》けてどうした？　まさかこの顔を忘れたのか」

「そんな……、どうして、何故」

忘れる訳がない。

あの日までは、ずっと仲間だったのだから。

共に戦ってきた。二人きりで夜を過ごしたこともある。

だから、

「どうして、生きて……？」

「俺は覚えていろ、と言っただろう」


恐ろしかった。

死んだ筈のルーク・オットハイドがここに居ることが。

首を跳ねた感触は未《いま》だに忘れない。鮮血が撒《ま》き散らされた光景は未だに夢に見る。

そのルークがここに居る。動揺からかリーシャの顔色から血の気が引いていく。

「聖騎士達、手荒な真似《まね》をしてすまなかったな。リーシャを介抱してやってくれ」

ルークが指を弾《はじ》くと重力魔法が解かれた。

魔法から解放された聖騎士達は慌てた様子でリーシャのもとへ駆け寄り、治癒魔法を扱える者はリーシャへ治療を施していった。

リーシャの傷が治っていく。

それでも彼女の顔に浮かんだ冷や汗は引いていかない。

「リーシャ様、大丈夫ですか?」

聖騎士の一人が呆けたように静かなリーシャの肩を揺する。

それでもリーシャはルークから目線を外さない。

そんな彼女の様子を見て、顔を見合わせた聖騎士達はコクリと頷《うなず》くと、あろうことかリーシャに向かって笑い掛けてみせた。

「リーシャ様! 良かったですね! まさかルーク様が生きていらしたとは!」

「思わぬ再会だ、呆けてしまうのも無理はないでしょう。ですがしっかりしてくださいね、あのルーク様が生きていらしたんですよ!」

「本当に良かった! ルーク様の死を一番悲しんでいたのはリーシャ様でしたからね!」

聖騎士達が良かった良かったと言葉を連ねて大喜びしている。死んだと思っていた英雄が帰ってきてくれたと、中には涙を流している者も居た。

そんな彼らの言葉一つ一つがリーシャの胸に突き刺さっていく。

「ち、違う。そんな訳が……あ、あれは偽者です」

「何をおっしゃいますかリーシャ様!」

「先ほど見たでしょう、あの強さを! 本物ですよ!」

あの日の出来事を何も知らない聖騎士達は、嬉々《きき》として本物だ本物だと騒いでいる。

リーシャは耳を塞ぎたくなった。

三ヶ月以上も前だ。リーシャは国の命令を受けてルークを殺した。その死体は痕跡を残さないように丁寧に焼いて灰にしたのだ。誰も真相に辿《たど》り着けないようにと。

国はルークの死は事故であると発表した。

竜討伐の任務の際、ルークが戦闘中に誤って足を踏み外し、崖から転落してしまったと。それをただただ鵜《う》呑《の》みにしていた聖騎士達が、ルークが奇跡の生還を果たしたと勘違いしてしまうのも無理はない。

だからリーシャに向かってこう言うのだ。

「ルーク様が帰って来てくれましたよ！」

無邪気なその言葉にリーシャの動悸《どうき》が激しくなる。

殺した筈のルークが帰ってきた。何故？　何の為に？

「あ……あぁ、ルーク、訳を、言い訳をさせてください」

辛うじて体を動かせるようになったリーシャは治癒魔法を掛けていた聖騎士の手を振り払い、ルークの目の前で頭を床に擦《こす》り付ける。

治療途中でまだ満足に体を動かせない為、酷く不格好な土下座だった。

あまりに異様なリーシャの姿に、聖騎士の間にどよめきが起こる。それすらも無視してリーシャは必死に頭を垂れる。何故ならルークがその気になれば、この場に居る者全員を難なく殺せるからだ。

真正面から立ち向かえばたとえギルドのＡランク冒険者が束になってかかろうともルークには敵《かな》わないだろう。それ故に『Ｓランク』という称号が与えられたのだから。だからリーシャは三ヶ月前のあの日、ルークを背後から奇襲し、弱ったところで首を切断したのだ。

だが、そのルークが今こうして目の前に居る。このままでは殺される。Ｓランクの実力はその仲間であったリーシャが一番理解している。だから必死に頭を垂れる。

「言い訳がしたいだと？　誰にだ」

「ルーク、ルークです！　あなたにです！」

ルークは鼻で笑って腕を振るう。

「お前はリリムが魔物だと知って即座に殺そうとしたな。彼女がどうして人と同じように生活していたか理由を聞こうともせずに。そんなお前が言い訳させてくれだと？　笑わせるな」

ルークの言葉に言い返すことも出来ず、リーシャは体をガタガタと震わせる。

とても死に別れから再会を果たした仲間同士には見えない雰囲気に、異常を察した一人の聖騎士がリーシャのもとへと駆け寄った。

「リーシャ様、一体どうしたと言うのですか。何故、そんなにも怯《おび》えているのです」

声を掛けてもリーシャの耳には入らず、彼女はただただ子供のように怯えるばかり。こちらを振り向きもしなかった。

「る、ルーク様、これは、二人の間に何かあったということですか？」

聖騎士は代わりとばかりにルークへ問い掛ける。

ルークは考え込むように頬を掻《か》いていた。そして、何か思い立ったのか質問を投げ返す。

「お前は誰だ？」

「リズ・オルク。リーシャ様専属の聖騎士です」

「そうか。ならばリズ、お前は俺とリーシャの間に何があったと思う？」

そう尋ねられ、リズと名乗った聖騎士はルークとリーシャを交互に見やった。

ルークの目はとても冷ややかだった。とてもかつての仲間と再会を喜ぶような表情ではない。

そして問題はリーシャの方だ。

どうしてルークを前にして、土下座なんて聖女にあるまじき行いをし、こうまで怯えているのか。

リーシャ専属の聖騎士であるリズにも全く分からなかった。

「わ、私には見当も付きません」

「ならば答えを教えてやる。どうやら王国は俺が事故死したと発表したらしいな。だがそれは間違いだ。いや、虚偽と言うべきか」

「間違い、虚偽……、どういうことですか？」

ルークは任務中に事故死した。

これはリズを含めた聖騎士だけでなく、国民全員が知るところである。なにせ国がそうであると発表したのだから。それが嘘《うそ》なのだとすれば、とんでもない事件になる。

「俺はリーシャに殺されかけた。だから俺が戻って来たと知り、リーシャはそんなにも怯えている」

その発言にリズだけでなく、後ろの聖騎士達もざわつき始める。リズはリーシャに視線を戻すも、彼女はルークの言葉に弁明すらせずただ黙っていた。

無言の肯定。そう捉えられてもおかしくはない。

リズは再びルークへと視線を戻した。

「リーシャ様はルーク様が死んで、深く悲しんでおられました」

「馬鹿を言うな。俺を死ぬ寸前まで追い詰めたのはこいつだぞ」

「そんな……」

リズは頭を抱えてルークに捲《まく》し立てる。

「ルーク様が居なくなったことで王国は魔物への抵抗力を著しく失い、結果魔物はその数を増やして活性化しております。この現状を憂いてリーシャ様は冒険者としての仕事に力を注いでおられました」

リズが知るリーシャの普段の姿。

リーシャはルークが居なくなったことで増え続ける魔物の被害を憂い、少しでも魔物の数を減らそうと冒険者としての仕事にも力を注いでいた。

それがルークの元パーティメンバーとしての責任だと。

「魔物に家族を殺され、孤児となった子供達の保護にもリーシャ様は熱意を注いでおられました」

魔物の被害が増えればそういったケースも必然的に増えてくる。

アラト聖教会は孤児院も運営している為、リーシャは孤児の保護に熱意を持って励み、運営に必要な資金を募ったりしており、皆がそんなリーシャ応援し協力を惜しまなかった。

リーシャは目に隈《くま》を作りながら言うのだ。

これがルークの元パーティメンバーとしての責任だと。

「そんな多忙の中、リーシャ様は有力な人材を王都に集め、魔物に立ち向かっていこうと提案しておられました。ルーゴ様……いえ、ルーク様やリリム様、ティーミア様を熱心に勧誘していましたのもその為です」

それがルークの元パーティメンバーの責任だと。

リーシャは日々、リズにそう言っていた。

「ルーク様……、あれは全て、茶番だったのですか？」

「そうだな」

ルークは頷いた。

反対にリーシャは否定もしない。

無責任にも未だ床に頭を擦り付け、自分はこの場を逃れようとしているのか、怯えながら謝罪とばかりに土下座を続けている。

リズは目元に涙を滲《にじ》ませながらリーシャに言った。

「……あなたは、一体……何をしているのですか」

ほとんど呆《あき》れたように漏れた言葉に、もはや聖女に対する敬意は少しも含まれていなかった。通常、聖女に対してそんなことを言おうものなら聖騎士に斬って捨てられる。だが、今のやりとりを聞いていた他の聖騎士達は、リズの不敬に口を挟まなかった。今はリーシャの返答をただ待っている。

しばらく聖域内に沈黙が続いたあと、リーシャがゆっくりと頭を上げてリズに顔を向けた。

「ご、ごめんなさいぃ……」

そこには一切の否定もない。言い訳もせず、謝罪するのみ。

リズは眩暈《めまい》を覚えた。

増え続ける魔物の被害。家族を殺され行き場を失った子供の数も増え続ける。負の連鎖を止めようと立ち向かった者達の墓標も増え続けるばかり。行方不明者も後を絶たない。

その原因は、今まで信じていたこの聖女リーシャにあったと。

リズは腰の剣の柄《つか》に手を掛けた。

「やめろ、リズ」

ルークの制止にリズはハッと我に返り、剣柄から手を離す。

「そうリーシャを睨《にら》み付けるな。こいつは国の命令でと言っていた。魔物が活性化してしまった責任はこいつ一人に押し付けるべきではない」

再びルークに言われてリズはハタと気付く。専属聖騎士である自分が聖女リーシャに対して憎しみの強い眼差《まなざ》しを向けていたことを。リズは深く息を吐いてルークに向き直る。

「ですがルーク様。責任を追及する先が国とあっては……、真実を知った私達聖騎士は一体どうすれば良いのですか」

「何もするな、相手は国だぞ。お前が言った責任を追及したところでのらりくらりと躱されるだけだ。酷ければ口封じなんて強硬手段に出るかも知れない」

現に俺が殺されかけたからな、とルークは冗談めかして言った。

ジョークのつもりなのだろうが、リズは背筋に悪寒を走らせる。

だから何もするなとルークは言うのだろうが。

「ルーク様はこれからどうされるおつもりで？」

リズがそう尋ねると、ルークは携えていた兜を被った。

「俺はもうSランク冒険者ルークではない。アーゼマ村の用心棒ルーゴだ。リリムとティーミアを連れて村に帰った後は、しばらく用心棒を続けるつもりだ。シルフを守ると約束してしまったからな。無責任だと罵りたければいくらでも罵れ」

「い、いえ……、そんなことはしません」

兜を頭に被ったルークは続けてアラト聖教会に貸し与えられていた鎧を脱ぎ捨てた。流石《さすが》に下着のままではまずいと思ったのか、借りるぞと言って鎧に付いていたマントを取り外して身に纏う。

「リーシャ」

ルークがその名を呼ぶ。

リズの隣でリーシャがビクリと大げさに身を震わせた。

「今後、リリムやティーミアに手を出すな。加えてこの場に居る聖騎士全てに、俺が生存していた事実を口外するなと言い付けろ」

まるで脅しを掛けるようにルークは言う。

リーシャが恐る恐る頷いてみせる中、リズもまた口を一文字に結んだ。

この場に居る聖騎士の誰もが、ルークが生存していた事実を口外することはないだろうと、リズは聖騎士全員に確認を取るまでもなく断言出来る。

そんなことをすれば国中が混乱する。ましてや、

「それを破れば、今度こそ俺が敵に回ると思え」

元Sランクを敵に回す勇気など誰にもないからだ。

今のルークはかつて英雄視されていたSランク冒険者ではない。何者にでも成れるという危うさがある。リリムやティーミアといった彼に親しい者に手を出せばどうなるかは想像に難《かた》くない。

「話は分かったな。俺はリリムとティーミアを迎えに行く。後のことはお前達でケリを付けろ」

言い残してルークは去って行く。

彼が言った後のこと。それは今まで嘘をついてきたリーシャの処遇についてのことだろう。確かにそれについてはルークの関知するところではない。

けれどもリズは、リーシャの手を取ってルークの後を追う。

「何だ、追ってくるな。俺はお前達のせいで忙しいんだ」

「いえ、聖域の扉は聖女にしか開けませんので」

「そ、そうか、すまないな」

聖域の扉が開かれた。

# 第7話　リーシャとの思い出

リーシャはルークと初めて会った日のことを決して忘れない。

それは命を救って貰《もら》ったからだ。

巡礼の為《ため》、国内の聖堂を転々としていた道中でリーシャとその護衛である聖騎士達《たち》は、強力な魔物の群れに襲われてしまったのだ。護衛が全員やられてしまい、次は自分の番かと覚悟した次の瞬間には、魔物達が一匹残らず死んでいた。

赤く染まった周辺に散らばる屍《しかばね》の中、返り血一つ浴びていない青年とリーシャは向かい合う。

「もう大丈夫だ、立てるか？」

「あ、あなたは……？」

手を差し伸べて「ルーク」と名乗った赤髪の青年の姿を、リーシャは今でも鮮明に思い出すことが出来る。それは命の恩人だからか、はたまた別の理由からか。

思えばこの時からだ。

リーシャがこの青年のことを気に掛けるようになったのは。

◇◆◇

「リーシャ様ってルーク様のことが好きなんですか？」

「はい？」

とある依頼を受けて訪れた街の大通りでのこと。

リーシャと同じくルークとパーティを共にする見習い魔術師――エルに突然そんなことを言われた。

「エルは何故《なぜ》、そのようなことを聞いてくるのですか？」

「だってリーシャ様って、ルーク様と一緒に居る時だけ機嫌良さそうにしてるから。だからエルはそう思いました」

「う～ん？」

リーシャの頭上に疑問符が三つほど浮かんだ。

別にリーシャはルークのことを好いてはいない。別にルークと一緒に居る時だけ機嫌が良いという訳でもない。かといって嫌いでもない。なんというか、普通であった。

とりあえず恋愛感情を抜きにして『仲間としてはどうか』と問われれば、リーシャは迷わず好きだと即答するだろう。でなければパーティなんて組んでいない。

「どちらかと言えば好きですね」

とリーシャは無難に答えてみせて、

「まあ恋愛感情はないですよ？」

そう補足した。

エルがどうしてこんなことを聞いてくるのかリーシャは察している。

彼女はきっと、ルークのことを好いているのだろう。

ルークはSランク冒険者とあって割と人気が高い。ルーク本人はどうでもいいとして、Sランクという身分の箔《はく》に魅力を感じている者が多いのだろう。というのがリーシャの私見。

なにせSランクはこの世にたった一人しか存在しないのだから。世の中は限定品という言葉に弱いのだ。エルがどうかは分からないが。なにはともあれ、

「私はエルとルークのことを応援していますよ！」

リーシャはエルに向かってガッツポーズした。

「べ、べべ別にそんなんじゃないですし！」

エルが頬を赤らめてそっぽを向いてしまったので、リーシャはそんなエルの頬をつついた。

「ふふふ、エルはおませさんですね」

「ちちち違いますしーッ！」

頭から湯気を放出しながらエルは脱兎《だっと》の如《ごと》く逃げ出し、大通りの雑踏へと消え去って行った。迷子になるんじゃありませんよ、と声を掛ければ「はーい」と人込みのどこからか元気の良い返事が

戻ってくる。

「さて、私はどう暇を潰しましょうか」

今日はこの街で一休みし、明日の早朝に街を出て依頼主に会いに行く。これがリーシャを含むルーク一行の日程だ。まだ宿屋に戻るには時間が早い。そう考えたリーシャは小腹が減ったなと大通りを練り歩き始める。

「何かこう、甘いものが食べたいですね」

友人の少ない、と言うよりは友人の居ないリーシャは独り言が多い。

ぶつくさと自分は今何が食べたいのかを模索するように呟《つぶや》きながら足を進めて行く。

街の大通りには人が多く集まる。ということは、それだけの客足が見込めるので屋台も数多く出店している。あちらこちらから漂う良い香りが鼻先を掠《かす》め、リーシャの足先があっちへこっちへと誘導されてしまう。

あれも食べたい、これも食べたい。

「あ〜また太っちゃいますかねぇ」

なんて良い香りだけを頼りにフラフラしていると、前方でこちらへ手を振る影を見つけた。何だあいつと近付いてみれば我らがパーティリーダーのルークだった。

「リーシャ！　早くこっちへ来い！」

なにやら浮足立った様子でぶんぶんと手を振っている。

「ルーク、一体どうしたと言うのですか」

「聞いて驚けリーシャ。すごいぞ、向こうで饅頭《まんじゅう》が半額の店を見つけたんだ」

ルークは居ても立ってもいられないとリーシャの腕を摑《つか》んで大通りの雑踏へと踏み出す。リーシャは強引なリーダーだなぁなんて思いながらも、嫌がることなく黙って付いて行った。

そして饅頭（半額）を無事に購入し、リーシャとルークは街の広場にあったベンチに腰を落ち着けた。隣でルークは半額の饅頭を嬉《うれ》しそうに頰張っている。

「美味《おい》しいですか？」

「半額でこれほどとはな。この街の物流が乱れるぞ」

「そんなに」

「リーシャも食べるか？」

「甘いものは太ってしまうので、私はいらないです」

「お前は華奢《きゃしゃ》なんだから、もっと食べた方が良いと思うがな」

ほら、と半分こにされた饅頭を渡されたのでリーシャは口を付けることにした。

「あ、美味しいですね」

「だろう？　半額でこの美味《うま》さだ。まさに一石二鳥だな」

一石二鳥の意味が違うが、ルークは半額の饅頭で大喜びしてしまう男なのである。仮にもSランクだろうとリーシャは若干情けなく思った。

それなりの地位を持つ者はそれなりの佇《たたず》まいを身に付けるものなのだが、隣のルークからはあまり風格は感じられない。今もこうして人の多い広場に居るというのに、誰一人として、Ｓランク冒険者が広場に居るということに気付いていない。

時折、聖女リーシャに気付いて頭を下げる者は居るのだが。

これもルークの風格が成せる技なのか。

「誰もここにルークが居ると気付きもしませんね」

「騒がしくなるよりはましだろう」

「それもそうですね」

リーシャは聖職者という職業柄、それも『女神の加護』を受けた聖女という立場もあって国のお偉い方との付き合いが多い。故にどんな人物が上に立つのかを知っている。しかし隣のＳランク様は最高だ最高だと半額の饅頭を頬張っている。いかがなものか。

でも、まあ、あれだ。

「ルークと一緒に居ると、落ち着きます」

「どういう意味だ」

「気が楽と言いますか」

ルークと一緒に居れば、あちこち連れ回されて忙しい聖女という立場を忘れられる。このくらいおちゃらけたリーダーの方が気が楽だった。

自分とルーク。二人の関係は友達と言うのだろうか。

生まれた時から聖女として育てられ、特別扱いを受けてきたリーシャは友人と呼べる者が少なかった。いや、全く居ないと言って良い。

ルークのように「リーシャ」と呼び捨てにしてくれる者が誰一人として居ない。なんにせよ、ルークとの関係が友達と言えるのならば、リーシャにとって彼は初めての特別となる。

ふと、リーシャはエルに言われたことを思い出す。

「私はルークのことを……」

——ルーク様のことが好きなんですか。

彼は大切な仲間として好きだ。

ならば、向こうはどう思っているのだろうか。

リーシャはそれが気になった。

「ルークのことを、私は大切に想《おも》っていますよ」

「んん。ど、どうしたんだ急に」

突然のことに、ルークが急速赤面して切羽詰まったような表情になる。

「あ」

そういえば、とリーシャは同じパーティメンバーの一員である精霊アラウメルテに言われた言葉を思い出した。

（ルークって免疫がなさそうよねぇ。私が言い寄ったら簡単に落とせそうだわぁ）

（え？　な、何ですかそれ。どう言い寄るのですか。ちょっと、参考までに教えてください）

（リーシャも免疫なさそうよねぇ。面白そうだから教えてあげるわぁ。あーゆー童貞っぽい奴《やつ》には効果絶大な魔法の言葉があるのよぉ）

といった流れで以前にリーシャは魔法の言葉を教えて貰ったのだ。

「ルーク、あなたが私をどう思っているのか聞きたいです」

「さっきから突然なんなんだ」

「今から私は魔法の言葉を述べます」

童貞が何なのかは分からないが、リーシャは一呼吸置いて『魔法の言葉』とやらを実践してみた。

「私の胸、触ってみますか？」

「は」

「あれ？　じゃあ私のお尻はどうですか？」

「病院に行こうか。今すぐにな」

「え!?　ちょちょ！　待ってください！　やだやだ！　こんなことで病院のお世話になりたくありません！」

ルークが酷《ひど》く心配そうな顔をして腕を引っ張ってきたので、全力拒否したリーシャはなんとかルークをベンチに座らせる。

なんだかアラウメルテが言っていた感触と違うなとリーシャは眉を顰《ひそ》めた。

「ルーク、お願いですから落ち着いてください」

「お前が落ち着け」

「私は落ち着いています。今のは違うのです。アラウメルテが言っていたのですよ、男の本性を引き出すには先ほどの言葉が一番効果があると」

「野性を引き出すの間違いだろ。もう二度と口にするなよ。アラウメルテめ、またリーシャに余計なことを教えたな。あとでオルトラムと一緒に説教してやらんとな」

あれー？　とリーシャは頭を抱える。

つまりは、何だ。騙《だま》されたのか。

男は胸やお尻を触らせておけば、とりあえず本音が聞けるとアラウメルテは言っていた。どうやら違うらしい。ルークのご立腹といった顔面がそれを物語っている。

「ええと、ええと……、あ、改めさせてください」

「何だ、まだ何かあるのか」

「は、はい……」

ゴホンと咳払《せきばら》いして、リーシャはルークの方へと向き直った。

「ルークは私のことを、どう思っていますか？」

なんだか、気恥ずかしかった。

頭から湯気が立っている気がするが、気のせいだろう。そうに違いない。

思わず顔を伏せてしまうも、ルークの反応がどうしても気になってしまいリーシャは顔を上げる。

すると、視線の先でルークは快活に笑って親指を立てていた。

「お前と同じだ、大切な仲間だと思っている」

リーシャの顔に目に見えて影が差す。

「それだけですか?」

「なんだ、まずかったか」

「まずい訳ではないですがねぇ～」

「うおっ」

リーシャの表情を見て、顔を引き攣《つ》らせたルークが腰をずらして距離を空ける。

「なんと言えば良いのでしょうか。もっと、こう……あるでしょう。私だって女の子なのです。分かりますよねルーク。ねぇ、分かりますよね。私がどういった返答を求めているのか。分かりますよね?」

「いや分からん!　怖いぞお前!　何だ何だ何なんだ!」

リーシャが腰をずらして距離を詰める。

ルークは再び距離を空けたがリーシャは逃さないと距離を詰めに詰めて追い込んでいく。

「ルークは私のことが好きですか？」

そして、追い詰めた。

「いや、それは……」

ルークの顔が青ざめている。

この状況で青ざめるとは一体どういうことなのか小一時間問い詰めたいが、今聞き出したいのはルークが自分のことをどう思っているのかだ。

アラウメルテの魔法の言葉を、もう一度実践させて貰うとしよう。

「ルーク、手を貸してください」

言ってリーシャは了承を得る前にルークの手を取る。

大きく分厚い手だった。ごつごつとしていて、硬くなってしまった手豆も付いている。ずっとこの手で剣を握り締め、魔物を倒して人々を助けてきたのだろう。あの時もこの手で自分を救ってくれた。

その手をそっと、リーシャは自分の胸に押し当てた。

「私のドキドキ、伝わりますか？」

魔法の言葉を強引に実行する。青ざめたルークの顔面が急速に赤みを帯びていく。全く感情の緩急が激しい男だが、そんなところも愛《いと》おしく思えてしまう。

エルには悪いことをしたなとリーシャは心の中で謝罪した。仲間として好きだなんて言ってしまったが、どうもルークを前にすると好きの意味が変わってしまう。

「リーシャ、自分が何をしているのか分かっているのか」

「ええ、もちろんです」

お前を振り向かせる為にこうしているんだ。

周りの同い年と比べると小さい方だが、こんなのでも勝負は出来る筈《はず》。アラウメルテが言っていたのだ。男は胸に弱いと。切れる手札は全部切ってやる。

「ルーク」

「な、何だ」

リーシャはルークの胸倉を掴み、ぐいっと引き寄せる。

子供の頃からこの男の噂《うわさ》を聞いていた。なにやらとんでもない奴が居ると。とても強く、Sランクという唯一無二の称号を与えられた冒険者が居ると。

最初は遠目で見るだけだった。

どんな人なのかなと思っていた。

そして、初めて出会った時に魔物から守って貰った。思えば、あの頃からリーシャはルークのことをずっと追いかけてしまっていた。気になっていた。

なんだか勢いに任せている気がするが、リーシャは今なら何でも言える気がした。

「いつか絶対に振り向かせてやりますからね」

「……とりあえず、お前の気持ちは受け取ったよ」

「ふふふ、これからも仲間としてよろしくお願いしますね」

そう言ってリーシャが微笑《ほほえ》みかけると、ルークは照れ臭そうに頬を掻《か》いていた。


その数ヶ月後だった。

女神アラトからお告げが降りたのは。


『――ルーク・オットハイドを殺せ。さもなくば、この国は滅びの運命を辿《たど》る』


リーシャは目を疑った。

なにせ聖書に綴《つづ》られたそのお告げは、ルークを殺すことで国が救われると言っていたのだから。

「ど、どういうことですか……」

頭を抱えた。

これを国に報告すべきか。いや、駄目だ。そんなことをすればルークの処遇がどうなるか分かったものではない。じゃあどうすればいい。

ルークに説明するべきか。どうやって？　どうやって伝えればいい？　お前が死ななければ国が滅ぶとでも言うのか？　無理だ。そんな残酷なこと、言える訳がない。

悩んだ。

悩んだ末に、リーシャは仲間のオルトラムに事の次第を打ち明けた。

彼はルークの師匠だ、ルークも彼を慕っている。だから親身に相談に乗ってくれるだろうと。彼もきっと思う筈だ、いくら女神から降りたお告げだろうとも、ルークを殺して救いを得るのは間違っていると。

リーシャはそう思っていた。

「このことは王に報告する。残念だがリーシャ、ルークは諦めろ」

「ま、待ってください。報告するって、諦めろって、どういう意味ですか」

「ルークを殺す」

しかし、返ってきた答えはリーシャが期待したものではなかった。

「何故ですオルトラム……、何故分からないのですか！　ルークを殺すだなんて間違っています！　どうして、どうしてそれが分からないのですか！」

「お前こそ何故分からないのだ。あの女神アラトがお前にお告げを降ろしたのだぞ。その意味が分からないお前ではないだろう」

ルークを殺すという非情な決定を下したオルトラムと、それに反対するリーシャは対立した。

初めてだった。仲間割れをしたのは。

「間違っています……」

「間違ってなどいない。よく考えろ、お前に降りたお告げは今まで一度たりとも外れたことはないだろう。ルークを殺さなければ国は確実に滅ぶ。なんとしてでもそれは阻止せねばならない」

「それが間違ってると言っているのです！」

リーシャは腕に光を纏《まと》わせて振るった。

そして、手にした聖剣の切っ先をオルトラムに向ける。

「何だ、それは？」

「る、ルークは……、私が守ります。あの人を裏切るなんて真似《まね》は、出来ません」

「何故、そこまでしてルークを庇《かば》うのだ。あいつは我々にさえ能力を隠している節がある。あいつこそワシらの信頼を裏切っているやも知れぬぞ？」

「……そんなこと知りません」

リーシャは切っ先を下ろさない。

このままオルトラムを行かせれば、彼はこのことを国に報告してしまう。それだけは絶対に阻止しなくてはならない。

確かにルークはSランク冒険者にまで上り詰めた自身の力を、誰に対しても詳しく話そうとはしない。だが、それでも、リーシャはその力で一度命を救って貰っている。

だから今度は自分の番だと今この場で決めた。オルトラムがルークを殺す選択を取るならば、リーシャはルークを生かす選択を取る。

きっと、他の道がある筈だと信じて。

――数分後。リーシャはボロ雑巾のように地べたに横たわっていた。

対立の末、戦いになったのだ。

剣の切っ先を向けてきたリーシャに、もはや言葉だけで解決する話ではないと判断したオルトラムは、賢者の力で以《もっ》て応戦した。

結果はリーシャの敗北で終わった。

「まるで駄々をこねる子供のようだな」

既に虫の息となったリーシャにオルトラムは冷たく言い放つ。

言われなくても分かっていた。聖女リーシャに降りたお告げは今まで一度も外れたことはない。それはつまり、ルークを殺さなければ、本当に国が滅んでしまうことを意味している。

他に道などないのだ。分かっていた。それをリーシャは個人的な感情で歪《ゆが》めようとした。

「聖女にあるまじき行いだ」

返す言葉もない。

「リーシャ、お前は何者だ」

オルトラムはリーシャに背を向けて問う。

「わ、私は、ルークの……パーティメンバーです」

「そうだ。そして、聖女でもある」

リーシャ・メレエンテはアラト聖教会の聖女である。

女神アラトが聖女にお告げを降ろす理由は一つ。

国をより良い未来へと導く為。

故に『女神の加護』を受けた聖女達の役目もまた、国をより良い未来へと導くものとなる。それはリーシャも例外ではない。

だからオルトラムは聖女であるリーシャにはっきりと告げる。

「お前の今の行いは女神に対する背信だ。そして、それはそのまま国に対する反逆にもなる。もう一度よく考えろ、女神が言っているのだぞ、国が滅ぶと」

「……オルトラム」

「お前はどちらを選ぶつもりだ。国民全てを犠牲にしてたった一人を救うのか。それともたった一人の犠牲で国を救うのか。我々は選ばなければならないのだ。ルークをこ――」

「――もうやめてくださいッ！」

リーシャはオルトラムの言葉を遮った。

「……分かっています。だからもう、何も、言わないで……」

「そうか。ならば何も言うまい」

振り返ったオルトラムがリーシャの表情を見て、呆《あき》れたとばかりに嘆息する。その姿は酷く滑稽に映ったことだろう。それこそ子供のようだと思ったに違いない。

「だが、これだけは言っておく。お告げのことは誰にも話すな」

そう言い残して、オルトラムは静かにこの場から立ち去っていった。

「…………うぅッ」

一人残されたリーシャは思い出す。

（これからも仲間としてよろしくお願いしますね）

「何が……、仲間だッ！」

リーシャは強く地面を殴りつける。その拳が壊れるまで。

これからなんてものは、なかった。

# 第8話　冒険者ギルドへ

夕暮れの王都。仕事帰りの者や冒険者がひしめく大通りの中、雑踏をかき分けて進んで行く二人の少女――リリムとティーミアの姿がそこにあった。

　リリムは自分の手を引いて忙《せわ》しなく走るティーミアに問い掛ける。

「聖騎士達《たち》は追って来てませんよ！　そんなに急いでどこへ向かっているんですか！」

　ティーミアはシルフ、魔物だ。王都に来たことはない筈《はず》。しかし彼女は迷う様子もなく大通りを真《ま》っ直《す》ぐ進んで行く。街を出てアーゼマ村に戻る訳でもない。

　リリム達の後を、アラト聖教会から聖騎士達が追ってくる様子はなかった。きっとルーゴが食い止めてくれているのだろう。

「あんたの言う通り、聖騎士達が追ってくる気配は確かにないわ。でも、あたしはどの人間がリーシャの仲間で敵なのか判別が付かない。だから急いでるの！」

「急ぐってどこへ！」

　息を切らしながらティーミアが前方を差し示した。

　先にあるのは大通りの終点とばかりに佇《たたず》む巨大な建造物。入口の門の周辺には物騒な獲物を担いだ冒険者達がごった返していた。

「あれ冒険者ギルドですよ!?」

入口の上部にはこれ見よがしに『冒険者ギルド』と書かれた看板が掲げられていた。先ほどリリムを殺そうとしたリーシャは聖女でありながら冒険者だ。その根城である冒険者ギルドに向かっているとは、それこそ誰が敵か分かったものではない。

「駄目ですってティーミア！　あれ冒険者ギルドおおおお！」

リリムが叫んでもティーミアは聞く耳を持たず、それどころか駆けるその足に風魔法を纏《まと》わせ、ごった返す冒険者の間を突き抜けて行く。ギルドの門すら風魔法で蹴り開け、体が壁に叩《たた》き付けられたところでティーミアの猛進はようやく終わりを告げた。

「何なんですかぁ……、ティーミアぁ……」

ティーミアが風魔法で衝撃を和らげてくれたが目が回ってしまう。ぼやける視界の中で星が瞬《またた》いている気がした。しかし耳は無事だったので、急にギルドに押し掛けて驚いたであろう冒険者達のどよめきが聞こえてくる。

「おい、何事だってんだ！」

「奇襲かァ!?」

「女が二人飛び込んで来やがった！」

「シスターと……聖女様!?」

回る視界がゆっくりと回復していく。

しばらくして視界が戻ったリリムは、周囲を冒険者達に囲まれていることに気が付いた。咄嗟《とっさ》に身構えるも、冒険者達の目からは敵意が感じられなかった。むしろこの状況に対する困惑の色の方が強い。各々が持つ武器を構えようとする気配すらしない。どうやらリリムとティーミアが聖職者の格好をしているので、敵かどうかの判断が付かないようだ。

巧《たく》まずして体験入信に救われた形だ。何も聖女はリーシャだけではない。数いる聖女の人相を冒険者達も全て把握している訳ではないらしい。とりあえず大騒ぎにはならずに済みそうだった。

「いきなり押し掛けて迷惑かけたわね。あたしは教会のシスター、ティーミアよ！」

さっそく隣のティーミアが修道服を利用する。

「嘘《うそ》ね、私はあなたのようなシスターは見たことないわ」

しかしすぐにバレる。ギクリとティーミアが身を震わせた。

「ふふ、誰かと思えばまさかあなた達とはね」

人込みをかき分けて女性がこちらへ歩み寄って来る。ティーミアの嘘がバレたので思わずリリムは警戒したが、その女性が見知った顔だったので緊張を解いた。

「ルルウェルさん！」

つい最近の出来事だ。眼鏡を正してこちらにニコリと笑い掛けるこの女性——ルルウェルがシルフの調査にアーゼマ村を訪れたのは。

その隣には護衛として一緒に来ていたガラムの姿もある。

「お前さん達、一体どういった訳でそんな格好してるんだ？」

怪訝《けげん》な表情をしたガラムが腰を折ってこちらをジロジロと眺めてくる。リリムは反射的に両腕で身を隠してしまうも、ハッとして訳を話した。

「ええと、アラト聖教会で色々とありましてですね……」

「いまいち要領を得ねぇな。こういうのはルルウェルにバトンタッチだな」

ガラムに肩を叩かれ、やれやれと溜息《ためいき》交じりに眼鏡を正したルルウェルが一歩前へ出た。

「あなた達、アラト聖教会に行っていたの？　今日の朝、教会のリーシャがアーゼマ村に向かったとは聞いていたけれど流石《さすが》に早過ぎない？」

「そのリーシャ様から転送魔法で連れて来られたんです」

「まったくリーシャったら、また強引に転送魔法を使ったのね」

溜息を吐《つ》いたルルウェルが悩ましそうに腕を組む。

どうやらリーシャは度々転送魔法を使っているらしい。

「でも、その後にこうしてギルドを訪れたということは、もしかしてリリムさんとティーミアちゃんは冒険者になりたいってことかしら？　歓迎するわ！　誰か、この子達に申請書を持って来て！」

両手を合わせて歓喜したルルウェルが受付嬢らしき女性に向かって手招きする。隣に居たガラムも何故《なぜ》か喜々としてガッツポーズしていた。

「おいおいマジかよ！　お前さん達が冒険者になるってことはもちろんルーゴの旦那も一緒だろ！　やったぜ！　是が非でも俺のパーティに入って貰《もら》わねぇと！　おい誰か！　申請書を三枚持って来てくれ！」

歓喜するガラムが大声を上げて受付嬢に向かって手招きする。

そんな喧《やかま》しい二人と困惑しているリリムの間にティーミアが割って入った。

「違うわよ！　色々とありましてってリリムが言ってたでしょ！」

そして懐から一枚の手紙を取り出してルルウェルに向かって突き出す。

その手紙には、ルーゴが手紙を封印する際に使用する封蠟《ふうろう》が見えた。

「はい！　これ読んで！」

「あら、何かしら」

手紙を手に取ったルルウェルが封を解く。

その間にリリムはティーミアをちょんちょんとつついた。

「なに、どうしたのよ」

「あの手紙って、もしかしてルーゴさんのものですか？」

「そうよ。リーシャが村に来る前にね、ルーゴがあたしに渡して来たのよ。もし、緊急事態が起きたなら、この手紙をギルドの偉そうな奴《やつ》に渡せってね」

それで冒険者ギルドを目指していたのかとリリムは納得する。

それと同時に色々な疑問が浮かんでくる。

ルーゴはこの事態を予期していたのだろうか。仮にあの手紙がもしものことがあった時の保険だったとしても、それを渡す先がどうしてギルドの者に限定されるのだろうか。

リリムの目に疑念を見たティーミアが先ほどの説明に補足する。

「ルーゴがね、あの手紙を渡せば冒険者ギルドのマスターが、必ずあたし達を助けてくれるだろうってさ」

「ほ、本当ですか？」

ギルドマスター。それは屈強な冒険者達が集うギルドのトップに与えられる役職だ。

そんなお偉いさんがこんな田舎者を本当に手紙一つで助けてくれるのだろうか。リリムは今一つ信じることが出来なかったが、手紙を読み終えたのだろうルルウェルが咳払《せきばら》いと共に眼鏡を正してリリム達に向き直る。

「色々聞きたいことが出来たけど、あなた達を今すぐギルドマスターのところへ案内するわ」

◇◆◇

ルルウェルに案内されるままギルドの奥へ進んで行くと、ふとリリムの鼻先を不思議な香りが掠《かす》めた。

「ん、何ですかこの香りは」

「うあ、あたしこの匂い駄目かも」

まるで生肉を香水で煮込んだかのような匂いだ。発生源は恐らく廊下の奥にある扉からか。ルルウェルが扉の取っ手に苦笑しながら手を掛ける。

「この匂い、最初は皆きついいって言うのよね。私もそうだったわ。嫌でも慣れるから心配しないで。だってギルドマスターの私室はここだもの」

正気か？　ティーミアがそんな目をしていた。

リリムは正直その扉を開けて欲しくなかったが、否応《いやおう》なくルルウェルが扉をノックして取っ手を引いてしまう。

「マスター、お客様ですよ」

匂いに尻込みしているとルルウェルに背を押されて無理やり中へと押し込まれる。するとリリムの視界に、部屋の大半を占拠するほど大きな釜が飛び込んできた。

どうやらあの釜が匂いを発しているらしい。

近付くにつれて大きくなる匂いに咽《む》せたのも束《つか》の間《ま》、脚立の上で釜をかき混ぜていた白髪の少女がリリム達に向き直る。

「やあ、冒険者ギルドへようこそ。俺はギルドマスター兼錬金術師のラァラ・レドルクだ。匂いはすまないね、ちょうど調合をしていたところだったんだよ」

脚立から身軽に飛び降りた白髪少女――ギルドマスターのラァラが一礼する。

身長はあまり背の高くないリリムよりも一回り低いくらいか。

その見た目は随分と若々しく、とても冒険者ギルドのマスターには見えない。しかしティーミアが彼女の姿を確認した途端に警戒したことに加え、その左目の上に縦走る一本の生々しい傷跡が、魔物との戦闘を生業《なりわい》とする冒険者としての風格を纏わせていた。

「き、急に押し掛けて申し訳ありません。私はリリム・レンシアと言います」

「あらひはふぃーふぃあひょ」

「ちょっとティーミア、失礼ですよ。鼻から手を離してください」

リリムが注意するとティーミアは涙目で首を横に振っていた。どうやらシルフは鼻が利くらしい。しょうがないのでリリムはポケットからハンカチを取り出してティーミアに手渡した。

「あはは、いいよそのままで、無理をする必要はない。さあ座って、何やら訳有りの様子だからさっそく本題に移るとしようか」

ギルドマスターであるラァラに案内されてリリム達は客間のソファに腰を下ろした。同じく腰を下ろしたラァラはルルウェルからルーゴの手紙を受け取って目を通していく。

「ところで、君達はどうして修道服なんて着ているんだい？」

手紙を読みながら器用にこちらへ視線を通すラァラが疑問を投げかける。

流石にギルドマスターだけあって、リリム達が本物の聖職者ではないことはお見通しらしい。

「実はさっきまでアラト聖教会に居たものでして」

リリムがそう答えるとラァラは手紙を読みながら更に疑問をぶつけてくる。

「それはおかしな話だ。普通、教会から出た時に借りた服は返さないかい？　少なくとも俺はそうするね。君達はどうなのかな？」

ギクリ、とリリムが身を大きく震わせる。

どうやら返答を間違えてしまったらしい。隣のティーミアがふとももをつねってくる。

確かにラァラの言う通りだとリリムも分かってはいるが、あの時は状況が状況だったのだ。

さてどう説明したものかとリリムが頭を捻《ひね》っていると、ラァラはこちらを一瞥《いちべつ》する。

「返答に困る、か。どうやらそれが訳有りの理由なんだね。アラト聖教会で緊急事態が発生したので脱出。その後、この手紙の差出人であるルーゴという人にギルドへ行けと言われた。そんな感じかな」

細かいところは違うが大筋は合っていた。

あの数少ない問答でここまで状況を察してしまうとは、リリムはギルドマスターと呼ばれるこの少女も侮れないと少なからず警戒する。

そもそもラァラは少女なのだろうか。

その見た目姿は成人した女性とは言い難《がた》く、いかんせん荒くれ者が集う冒険者ギルドのマスターという肩書が、その認識に齟齬《そご》を生じさせる。少なくとも、未成年の子供が名乗って良い身分ではない。

いっそ『何歳ですか』なんて聞ければ答えが出るのだが、リリムは初対面の相手に向かってそんなことを聞けるほど肝は据わっていなかった。

「今年で二十五歳になるよ」

「おえ？」

読み終えたのだろうか手紙を折り畳んだラァラがそれをルルウェルに手渡し、リリムに視線を移してそう言った。知らぬ間に声に出ていたのだろうか。思考を読まれたリリムは面食らって変な声を出してしまった。

「なななっ！　どうして私の考えてることが分かるんですか!?」

「あはは、ごめんね。人の思考を読むのが得意なんだよ」

「もしかしてラァラさんも加護持ちとかですか？」

「も、って言ったね。ということはリリム君って加護持ちなんだね」

「うああッ！　どんどん当てられちゃいます！」

人の思考を読むのが得意らしいラァラに次々と言い当てられ、リリムは困惑と驚愕《きょうがく》の入り乱れた表情を浮かべた。そんなリリムの袖を隣のティーミアが咎《とが》めるような顔でちょんちょんと引っ張る。

「今のはリリムが口を滑らせただけでしょ」

「……っ」

リリムがスンッと無表情になる。

「そ、そうですね。ちょっとびっくりして気が動転しちゃいました。今のは忘れてください」

気恥ずかしそうに咳払いをしたリリムが椅子に深く腰を下ろしてラァラに向き直った。

今はラァラが手にしているルーゴからの手紙が重要だ。そこに何が書かれているのかはリリムの知るところではないが、こうしてギルドマスターの私室に通されたということは、それ相応の内容がそこに書かれてなのだろう。

「ラァラさん、その手紙には何が書かれていたんですか？」

そう問い掛けるとラァラはくすりと頬を緩めた。

「内容を詳しく語ることは出来ないが、ここにはリリムとティーミアを守ってやってくれと書かれていたよ」

「そ、そうなんですか？」

本当にそう書かれているのならば、まるで顔馴染《かおなじ》みに頼み事をするような言い方だ。

加えてその相手がギルドマスターなのだからリリムは驚きを隠せない。

「驚くのも無理はないかな。俺に向かってこんなことを言ってくる人間は他に居ないだろうからね。まったく、ルーゴも人使いが荒いよ」

なんてラァラはおどけてみせる。

二人がどんな関係なのかはリリムは知る由もないが、ティーミアの方はそれがとても気になったらしく、テーブルに身を乗り出して問い質《ただ》す。

「ちょっとあんた、ルーゴとどういう関係なのよ」

「ん？　あはは、もしかして気に障《さわ》っちゃったかな、ごめんね。別にティーミア君が気にするような関係ではないから安心しなよ」

諭すように笑ったラァラがふと、見せつけるように右手を前に出す。

リリムとティーミアが思わず手を視線で追うとラァラは指を弾《はじ》いた。すると、ポンッという軽快な音と共に出現した一本の短剣が宙を舞った。

「ルーゴは俺の師匠だよ、剣戟《けんげき》のね」

剣の柄《つか》を手に取ったラァラが短剣を小さく構えて言う。

「魔法の才能がなく、錬金術しか能がなかった俺は、彼に剣の何たるかを教えて貰ったんだ。お陰でAランク冒険者にまで上り詰め、この歳《とし》で今やギルドのマスターだよ」

構えた短剣が壁に向かって投げつけられれば、釜から発生する匂いに引き付けられた一匹の羽虫が胴体のど真ん中を貫かれる。

リリムは小さく拍手を送った。ルーゴに教えられたという剣の腕は確からしい。

「俺はルーゴに感謝しているんだ。彼にお願いなんてされたら断れやしない。だから安心しなよ、リリム君とティーミア君。君達は今からアーゼマ村に帰るまで俺の保護下に入るからね」

「ほ、本当ですか！　ありがとうございます！」

ギルドマスターの保護下に入れて貰える。それを聞いてリリムは酷《ひど》く安堵《あんど》してしまった。実力者が集う冒険者ギルドの長に守って貰えるのは非常に心強い。

しかしだ。肝心のルーゴはどうなる。

彼は、アラト聖教会できっと今も、大勢の聖騎士と聖女リーシャを相手にしている最中なのだ。人の命を助ける為《ため》に自身の命を擲《なげう》つ。そんなルーゴをリリムは放っておけなかった。

「あ、あの……ラァラさん」

「なんだい？」

「私達を守ってくれるのは感謝します。だけど、その中にルーゴさんも入れて貰えませんか？ルーゴさんは今、私を助ける為に戦ってくれているんです……」

リーシャを前にしてルーゴは『後は俺に任せろ』と言っていた。

だが、相手が相手なのだ。いつものように、用心棒としてそこらの魔物を相手にするのとは訳が違う。リーシャはAランク冒険者、更には英雄ルークの元パーティメンバーの実力者なのだから。

リリムは重ねてお願いする。

「事情は詳しく説明します。だから、ルーゴさんを助けて――」

そこまで言い掛けるとラァラに手で遮られてしまう。真剣な話をしているのに一体どうしたのだろうかと、リリムは怪訝な表情を浮かべて言葉を止めた。

「いや、ルーゴは助けなくても大丈夫だよ。なにせ俺の師匠なんだからね。強いんだ、彼は」

「つ、強いのは私も知ってます！　だけど……」

「それこそ大丈夫さ」

後ろを見てごらん、と続けてラァラはリリムの後方を指で示した。

「二人とも、無事のようだな」

「どわぁ！　ルーゴさん!?」

振り返ればそこに真っ黒兜《かぶと》が佇んでいた。

リリムは一瞬ギョッとして飛び退《の》いてしまったが、声の主がルーゴであることを確認すると、気が抜けてへなへなとその場に座り込んでしまった。そんなリリムを見てラァラが苦笑する。

「あはは、こんな幼気《いたいけ》な子を心配させるなんていただけないなルーゴ。君ならもっと早くここに来られたんじゃないかい？」

「む、遅かったか。それはすまなかった」

ラァラとそうやりとりするルーゴは、モノクロの珍騎士からマント一枚の不審者にジョブチェンジしていた。格好は可笑《おか》しさに拍車が掛かっているがどうやら無事な様子。

リリムを庇《かば》って負傷した筈の右腕も何をどうやってか傷は既に見当たらない。リリムは流石ルーゴだと胸を撫《な》で下ろした。心配するのもおこがましいとはまさにこのことだろう。

隣のティーミアも、

「ルーゴがあんな奴らに負けると思った？」

なんて笑っていた。

◇◆◇

ルーゴがリリム達のもとへ無事に帰って来た。

アラト聖教会が誇る聖騎士とリーシャを相手取った戦いだったにも拘《かかわ》らず、アーゼマ村の用心棒は大した怪我《けが》もなく何てことはないといった素振りすら見せる。

遂《つい》には逆にリリムのことを心配する始末だった。

「リリム、怪我はないようだな。安心したよ」

「うぅ……ッ！　大丈夫でず！　ルーゴざんのお陰で無事でずぅ！」

場所は冒険者ギルド。

そこに設けられた食堂にて、リリム達はギルドマスターであるラァラに『色々あったみたいだし、お腹《なか》も減ったんじゃない？』と言われ、貸し切りでご馳走《ちそう》して貰うことになった。

どでかい正体不明の肉から野菜サラダにスープなどその他もろもろと、豪勢な食事が載せられた円いテーブルをリリム達にラァラを加えた四人で取り囲む。

リリムはルーゴの隣の席で、フォークを持ったまま食事にすら手を付けず嗚咽《おえつ》を漏らしていた。

「ルーゴさんも怪我がないようでよがっだでずぅ……」

「お前の顔面はぐちゃぐちゃだな」

涙やら鼻水やらでぐっちゃぐっちゃになったリリムの顔面を、ルーゴがどこからか取り出したハンカチで拭ってくれる。

リリムも今の姿はみっともないと思っていたが、自分を助ける為に聖域リディルナに一人残ったルーゴが、無事に戻って来てくれたことがなによりも嬉《うれ》しかった。なので顔面がぐちゃぐちゃになるのを全く止められない。

「どうしたんだリリム、落ち着いてくれ」

「だって、だってぇ……」

サラダを摘《つ》まみながらそんな二人の様子を眺めていたティーミアは、何か思うところがあったらしくルーゴにフォークの先端を向けた。

「ちょっとルーゴ、女の子の扱いがなってないわね。こういう時はお前の口を俺の唇で塞いでやろうかとか言って、乙女心をくすぐってやれば良いのよ」

「お前の口を俺の唇で塞いでやろうか」

「人前でやめてくださいぃ……」

一体どこでティーミアがそんな余計な知識を覚えてくるのかリリムは気になったが、ひとまずルーゴが困っているので呼吸を整えることにした。

「……オホン。大変お見苦しいところを見せちゃいましたね」

咳払いしながら気恥ずかしそうにリリムは謝罪する。

十分くらいすんすんと泣いていた気がするが、ティーミアとラァラは何も言わず黙って泣かせてくれたので、ようやくリリムは元の調子に戻ることが出来た。

なのだが、隣のルーゴの様子が少々おかしい。

「リリム、サラダは好きか？　俺がよそってやる」

「え？　あ、はい。ありがとうございます」

なんだか妙に優しかった。

「肉は好きか？　今日は疲れただろう、精を付けた方が良い」

「ルーゴさん、自分で取れますから大丈夫です」

「そうか。スープは好きか？」

「ルーゴさん、自分で取れますから大丈夫です」

先ほどからやたらめったらルーゴが食事をよそってくれる。さっきまですんすん泣いていた自分に気を使ってくれているのだろうかとリリムは胸が温かくなった。

しかしながらルーゴが盛ってくれた肉や野菜は適量が分からなかったらしく、山みたいな量になっている。温かくなった胸から吐き気がせり上がって来た。

「うぷ、盛り過ぎですよ。見るだけでお腹がいっぱいになりそうです」

「そうなのか、俺は普段からこのくらいなんだが」

「だとすれば食べ過ぎですよ。摂《と》り過ぎた栄養はすぐ脂肪になってぶくぶく太っちゃいますよ。油断しちゃ駄目です」

ルーゴはアーゼマ村の用心棒なので魔物との戦闘を日常としており、常日頃から適度な運動で汗を流しているようだが油断は禁物である。吐き気を催すほど山盛りにした食事を常に摂っているのだとすればなおさらだろう。診療所を営む薬師として注意しておかなければならない。

リリムはルーゴのマントを捲《めく》って横腹を摘まんだ。

「健康に悪いですよ。ほら、こんなにお肉が……付いてない」

「俺は太らないんだ」

「そんな、卑怯《ひきょう》ですよ」

「なんでだ」

確かに卑怯ではないかも、とリリムはハタと気付く。

ルーゴは魔物を一撃で消し飛ばす魔法を使えるのだ。消費するエネルギーもさぞ大きいだろう。だとすれば、横腹を引っ張っても皮しか摘まめないこともなんら不思議ではない。

「私に魔法を教えてください」

「どうして今の話から魔法を教えてくれになるんだ」

太る太らないの話をしてたよな、とルーゴが首を捻り、その横でティーミアが自分にも魔法を教えろと駄々をこね始める。そんな様子をファラは笑って眺めていた。

食事は進んでいく。

テーブルに置かれたサラダが半分ほどになった頃。

話題はアラト聖教会に一人残ったルーゴはどうしていたのかに切り替わっていた。

それを尋ねたのはファラだ。

「アラト聖教会で何かあったとは聞いたけど、詳しい話はまだ聞いてないからね。教会から逃がしたリリム君達を守ってやって欲しいと俺にお願いしてきたんだ、当然事情を知る権利はあるだろ？」

それに対してルーゴが答える。

アーゼマ村にやって来たリーシャの手によって問答無用で教会へ転送されたこと。そこでリリムの命が狙われたこと。それを理由にしてリリムとティーミアをファラのもとへ逃がしたこと。

そういった事情をルーゴが語っていった。

「リーシャには灸《きゅう》を据えてきた。リリムの命を狙うことは今後ないだろう」

「そうかい、うちの冒険者が迷惑掛けたね」

ファラは冒険者ギルドのマスターだ。ギルドで抱える冒険者が不祥事を起こしたとその心中は複雑だろう。だが、ファラの中で渦巻いている感情は、リリムが思ったものとはどうも違うようだった。

「リーシャと戦ったのか。辛《つら》かったかい」

「少しばかり堪《こた》えたが、今となってはもうどうでもいいさ」

「本当にそれで良いの？　君はリーシャ達に酷いことされたんだろう？　君が生きていたことには驚いたけど、やり返してやろうとは思わないのかい？」

「最初はな。だが、リーシャにもリーシャの立場がある。聖女であるあいつをどうこうすれば、他の人間にまで迷惑が掛かるだろう。だから今まで放っておいた」

ルーゴとラァラは師弟関係にある。リリムはそう聞いた。

恐らく昔からの付き合いなのだろう彼らの会話には意図的に濁された部分があり、端で聞いているだけでは何の話をしているか分からないようになっていた。

（リーシャ達に酷いことをされたんだろう）

（君が生きていたことには驚いた）

（リーシャにもリーシャの立場がある）

リリムの耳にいくつか聞き捨てならない会話が飛び交った。

当然、浮かんでくる疑問はルーゴが隠しているその正体と過去だ。リリムもそれが気になり何度か探りを入れようとしたことがある。彼は一体何を企《たくら》んでいるのだろうかと。

しかしだ。ルーゴは自ら進んでアーゼマ村に寄り付く魔物を追い払ってくれる用心棒だ。今日はリリムを助ける為に自ら死地に残った。そんな彼が正体を隠すのには、きっとやむを得ない理由があるのだろう。今のリリムならそう思えた。

ルーゴの正体が気になる。

どの口が言えたものか。

「ところでなんだけど、どうしてリーシャはリリム君の命なんて狙ったんだい？」

おかしいだろう、と怪訝な表情をしてラァラがその問いをぶつけてくるのは当然か。

リーシャの裏表などリリムは知らないが、聖女という立場にある彼女が一般人に手を出せば当然問題は出てくる。だからおかしいだろうとラァラは言うのだ。

「私が魔物だったからです」

一時でも守ってくれると約束してくれたラァラに、その事実を伝えるのは当然の義務だとリリムは考える。顎に手を当てて押し黙るルーゴの隣で、ラァラは「へぇ」と目を細めていた。

「まるで覚悟を決めたように言うんだね。じゃあ答えて貰おうか。一口に魔物と言っても彼らには種別がある。見たところ普通の人間と変わらないリリム君は、一体何の魔物なのかな？」

同じくそれが気になったのだろうルーゴとティーミアがリリムに視線を向ける。

リリムは少し短い深呼吸をしてラァラの問いに答えた。

「エンプーサです」

――悪魔エンプーサ。

それは大昔、人と大差ないその姿を利用して人類に多大な被害を与え、冒険者ギルドに危険生物として懸賞金が掛けられた魔物の名だ。

## 第9話　マナドレイン

リリムの種族はエンプーサと呼ばれる魔物だ。

エンプーサは人間と瓜二つ《うりふた》の外見を持つのが特徴で、それを利用してよく人間の生活圏に侵入しては【マナドレイン】と呼ばれる技を使い、標的の魔力を根こそぎ奪っていくという卑劣な魔物であった。既に絶滅したという噂《うわさ》もある彼女達《たち》エンプーサを、西の大陸では淫魔サキュバスと呼ぶ地域もあるのだとか。


「それじゃあ検査を始めるわね、リリムさん」

「お手柔らかにお願いします」

冒険者ギルドで自分の正体が魔物――エンプーサであると打ち明けたリリムは、ひとまずアーゼマ村に帰還して体の検査を受けることになった。

自宅兼診療所にて、リリムはベッドの上に座ってルルウェルに上着を脱がされる。

検査が行われる理由は単純で、体に異常がないかを調べるためだ。

魔物でありながら人間と同じ生活を何年も続けていたのだ。体のどこかに異常が出ていても不思議はない。それをルーゴ達は心配してくれているようだった。

しかしながら、魔物ひいては絶滅危惧種のエンプーサを相手に、体の診断が出来る医者は王都に存在しない。なので魔物の生態に精通するギルドの調査員ルルウェルが代わりを務めることになった。

「すみませんルルウェルさん、こんな私の為《ため》にわざわざアーゼマ村に来て頂いて。本当に申し訳ないと思っています」

「いいのよ大丈夫。ちょっと前に頭痛を見て貰《もら》ったでしょ？　今回はそのお礼と思って貰って構わないわ。それに私がリーシャに余計なことを言ったせいでこんなことになっちゃったんだしね」

悪魔エンプーサ、または淫魔サキュバスとも呼ばれる彼女達が持つ攻撃手段、もしくは食事行為をマナドレインと言う。これは対象と深く触れ合うことを条件として発動し、標的が持つ魔力を強引に奪ってしまうという凶悪な技だ。

王都の歴史書にも、人に擬態するエンプーサから魔力を強奪されて大勢が命を落としたという記述が存在する。ということもあってエンプーサは危険生物に指定されている訳なのだが、リリムは生まれてこの方マナドレインを使用したことがなかった。

人間に例えれば、人生で一度も食事をしたことがないに等しい。

だから体に異常がないかを調べるのだ。

「――という理由で体を診るということはもう説明したわよね？　実際、食事をしたことがないってどうなのリリムさん。今まで体に不調はなかった？」

「いえ、特に何も」

今まで食事をしたことのないリリムの体だが、ルルウェルが心配するような異常は今のところ出たことはない。

「ですが、ご飯を食べてもお腹《なか》が何故《なぜ》か空《す》くって経験は何度かありましたね」

「なるほど？　でもリリムさんはマナドレインを使ったことがないのよね？　お腹が空いた時はどうしていたのかしら」

「そういう時はこれを食べてました」

そう言ってリリムは戸棚に仕舞っていた一つの袋を取り出し、紐《ひも》を解《ほど》いてみせると中からいくつかの丸薬を取り出す。ルルウェルはあまり薬の知識がない為首を傾《かし》げていたが、その丸薬の正体を代わりにギルドマスターであるラァラが答えた。

「この香りはロカの実だね」

「お、ラァラさん詳しいですね」

「これでも錬金術師兼冒険者だからね。俺個人が錬成素材に使うこともあるし、冒険者界隈《かいわい》でも有名な木の実なんだ。魔力が尽きた時の特効薬としてそのまま齧《かじ》る者も多い」

得意気にそう語るラァラはリリムの正体を知る者として、ルルウェルの診断に立ち合っている。

なんでもギルドに危険生物として登録されているエンプーサを野放しにするのはまずいという話で、以前ルルウェルがシルフにした調査をリリムにも行うと、ラァラはギルドマスターとしてアーゼマ村を訪れていた。

「ロカの実って冒険者の間では有名なんですね」

「まあ冒険者というよりは魔法が使える魔術師寄りの人達にかな。魔力を回復してくれる効果を持った薬は貴重だからね」

一つ貰っても良い？　とロカの実を材料にして調合した薬を指差すラァラにリリムが頷《うなず》けば、ラァラはひょいっと丸薬を拾い上げて丸呑《まるの》みする。

「うん、良いねこれ。体にじんわりと魔力が溢《あふ》れてくる感じだ。ロカの実を単体で齧るよりも効果が大きい。噂に聞いた通りの腕前を持っているようだね」

「まあ、それがないとエンプーサの私としては死活問題だったので」

エンプーサは他者から魔力を奪って糧とする生き物だ。一応、人間と同じく食物を摂取することで飢餓は回避出来るが、体の作りが人間と根本的に違う。

なので魔力の摂取は必要不可欠であるのだが、リリムは自分の正体を隠して人里へと紛れ込んでいる為、人間相手にマナドレインは使用出来ない。するつもりもなかったが。

ましてや魔物でありながら力は普通の小娘なので、他の魔物はおろか野生生物から魔力を奪うことも出来なかった。

そういった理由でロカの実を食べることにしたのだ。

「そんな生活を続けているうちにロカの実単体よりも、他の薬草と混ぜて調合することでより効果が大きくなることに気が付きまして。するとあれよあれよという間に」

「薬師としての腕前が上達したという訳だね。あはは、なるほどね」

リリムの腕前が上達したその理由にラァラが苦笑する。

続けてラァラはロカの実を材料に作った丸薬の入った袋を手に取った。

「リリム君、これは素晴らしい薬だよ。生きていくのに魔力が必要なエンプーサの君が、この薬一つで生き延びることが出来るくらいにはね。王都で見るものよりも遥《はる》かに優れ、加えて即効性があると来た」

リリムが調合した薬。名付けるならロカの丸薬か。

ラァラはそれが入った袋をリリムに見せつけるように掲げて言う。

「これ、冒険者ギルドに卸さないかい？　高値で取引するよ」

ラァラはなんともまあ魅力的な提案を突き付けてきた。

ギルドに直接薬を卸す。それが意味するところはつまり、リリムにギルドの『専属薬師』にならないかと提案しているのだ。それもギルドマスターが直々《じきじき》に。

更に付け加えるならば、仮にギルドの専属薬師の正体がエンプーサだとバレてしまっても、そのリリムに危害を加えるということは、ギルドに喧嘩《けんか》を売ることに等しい扱いとなる。

中にはリーシャのように、リリムの正体がエンプーサだと知った時、良くない反応を示す者も必ずいるだろう。だがギルドの専属薬師という肩書がそういった者達にストップを掛けてくれる。歯止めの機能、あらゆる面でリリムの盾となってくれる筈《はず》だ。

そういう意味も含めてラァラは交渉を持ち掛けて来ている。ギルドの保護下に入る代わりに、是非ともロカの丸薬を卸して欲しいと。

なんともやり手なギルドマスターだなとリリムは思った。

「はい、良いですよ。是非ともです。買い手がギルドであれば安心ですしね」

リリムにこれを断る理由はなかった。

快諾の意を伝えるとラァラは満足そうに笑みを浮かべる。

「良い返事だ。これでリリム君は冒険者ギルドがよしなにする薬師となった訳だね。これから君に手出しするような輩《やから》が現れたら俺達ギルドが鉄槌《てっつい》を下す」

と、なんとも心強い言葉をリリムに送ってくれる。

一応、ロカの丸薬を卸すという義務を負うことになるが、リリムはこれでギルドのお抱え薬師となった。何かあれば冒険者が守ってくれることになる。

「じゃあルーゴ、これで良いかい？」

「ああ、すまないな」

ラァラの横で椅子に腰を下ろすルーゴが頷いた。

ルーゴはルルウェルの診断、もといラァラによるエンプーサの調査の場に同行していた。彼もリリムの正体を知る者として。

「ルーゴさん、迷惑を掛けてしまってすみません」

「気にしなくて良い。同じ村に住む者として当然だ」

リリムが頭を下げるとルーゴは気にするなと手を振る。

「それに今回のことは、俺がリリムを巻き込んでしまったからな。謝罪するのは俺の方だ」

そう言ってルーゴが申し訳なさそうに頭を下げようとしたので、リリムも気にしないでと手を振り返すと、それを見ていたラァラとルルウェルが笑っていた。

ルーゴはリリムを巻き込んでしまったと言っていたが、リーシャは初めからリリムを王都へ連れて行くつもりだったのだろう。

彼女はリリムの薬師としての腕前は王都で振るうべきだと言っていた。ルーゴがリリムに頼み事をしたとしても、しなかったとしても、リリムは王都に連れて行かれていたに違いない。

むしろ、ルーゴが近くに居てくれたからこそ命拾い出来た。

感謝している。

思えばいつもルーゴに迷惑を掛けていたなとリリムは今さらながらに反省した。

森に入ったルーゴを一人で追い掛けた時は『危ないから』と手を引いてくれた。ティーミアに魂を奪われてしまった時だってそれを取り返してくれた。前日はリーシャから命を守って貰った。

今回だって、身の安全を保証してくれる場を取り持ってくれた。

リリムは思う。何故、この人の魔法は危険だからとその正体を疑っていたのだろうかと。自分こそ正体を隠した魔物だった癖に、どの口が言っていたのだろうか。

「ルーゴさん、本当にすみませんでした。実は私、あなたのことを危険視していたんです。ずっとその正体を疑っていたんです。なのに守って貰ってばかりで、本当に何と言えば良いのか……」

再び頭を下げ、重ねて謝罪する。

リリムはこの場を取り持ってくれたルーゴと、自分がエンプーサだと知るラァラとルルウェルには何故、正体を隠していたのかは知らせてあった。

理由は単純だ。両親が冒険者に討伐されてしまい、孤児となったリリムは外界を一人では生きていけず、庇護《ひご》を求めてアーゼマ村に身を隠した。ただ、それだけ。

それを踏まえた上でルーゴはこう言うのだろう。

「それこそ気にするな。人は誰しも隠しておきたい面があるものだ。俺の場合は兜《かぶと》の下がそうだな。リリム、お前の場合はそれが魔物であったというだけだ」

なんてことはないと、そう言うルーゴに知らぬ間にリリムは視界がボヤけてきてしまう。思わずまた頭を下げそうになったが、ルルウェルに止められてしまった。

「はいはいはい、湿っぽいのはここまでにしておきましょ？　流してしまうには衝撃的事実過ぎるけど、リリムさんもまだ教会での疲れが取れてないことだしね」

それに、と付け加えてルルウェルがルーゴに指を差す。

「今から診断の為にリリムさんのシャツを脱がすから、ほらほら男性の方は散った散った」

「そ、そうか。それはすまなかった」

ヒラヒラと追い払うように手が振られればルーゴが席を立つ。

「丁度良い、表へ出ろラァラ」

「ん？　別に良いけど」

ラァラを手招きしてルーゴが診療所を後にしようとする。

その背にリリムは小さく言った。

「ルーゴさん、ありがとうございます」

それが聞こえたのか、ルーゴは手を振っておどけてみせた。

◇◆◇

「で、リリム君のことはこれからどうするんだい？」

診療所から少しばかり離れた空地にて、ルーゴと向き合うラァラは神妙な顔でそう尋ねる。

なにせリリムはエンプーサという絶滅危惧種の魔物だ。加えて言うならば危険生物としてギルドに登録されているのだから、このまま放置する訳にはいかない。

「リリムの正体は誰にも知らせない。今知っている者だけに留《とど》めるつもりだ。もちろん、リーシャや聖騎士達にも口止めをしておかなければならない」

「あらら、これまた過保護だね。どうしてルーク……おっといけない、ルーゴはあの子をそんなに守ろうとするのかな。理由があるのなら聞いても良いかい？」

もしかしてお気に入り？　とラァラがうりうりとルーゴをつつけばその手を振り払われる。どうやら冗談が通じる話ではないようだ。

ラァラが知る限り、ルーゴから届いた手紙にはリリムについて特に重要そうなことは何も書かれていなかった。それはつまり、あの手紙をしたためた時点では、リリムについて何も分かっていなかったことになる。リーシャと接触した時に何かあったのだろう。

「リーシャが気になることを言っていてな」

「リーシャが？　どういうことだい？」

「女神アラトからお告げが降りたと言っていた。なんでも『アーゼマ村に住む魔物の娘が、王都に救いをもたらす』のだとか。俺はそれが気になってな」

「王都に救いを、か。それは俺としても聞き捨てならないね」

女神の加護を持つ聖女リーシャは、女神アラトからお告げを受けることが出来る。

他の聖女も同様にお告げを受けることが出来るが、特筆すべき点はリーシャが受けたお告げの的中率だ。今までリーシャが受けた未来を暗示するお告げは、一度たりとも外れたことがないのだとか。

「そのお告げの娘とやらが、もしかしてリリム君かも知れないと？」

「そうだ」

ルーゴが深く頷いた。

魔物を数多く打倒してきた元Sランク冒険者のルークが、リリムという魔物をあれだけ手厚く扱う理由にラァラはなるほどねと思わず苦笑した。

◇◆◇

リリムの正体は魔物であり、その種族は人間と瓜二つの外見を持つエンプーサである。

しかしだ、エンプーサにも魔物としての特徴がいくつかある。

「リリムさん、私も絶滅危惧種であるエンプーサは書物の中でしか知らないのだけれど、彼らには羽と尻尾があると聞くわ。リリムさんの体にはそれが見当たらないようなのだけれど」

ルルウェルの言う通り、エンプーサと呼ばれる魔物には『羽』と『尻尾』がある。しかしリリムの体にはそれらが見当たらない。

これは一体どういうことなのだろうかと首を傾げるルルウェルにリリムは苦笑しながら説明した。

「もぎました」

「は」

「魔物だってバレたくなかったので切断したんですよ」

ほら、と言ってリリムがシャツを脱ぎ捨てて背を向けると、ルルウェルはその背中上の辺りに二つの生々しい傷跡を確認する。続いてリリムが下の衣服を少しずらせば、尾てい骨の辺りにも傷跡を見つけた。

「う、うわぁ……、結構な傷跡なのね。リリムさんってアーゼマ村に来たのはいくつの頃だったのかしら？」

「たしか五歳の時ですね」

そう答えるとルルウェルが目元に手を当てる。

きっと彼女の頭の中では両親を亡くした小さな少女が、生き抜く為に必死で羽と尻尾をもぎ取る壮絶な姿が思い起こされていることだろう。リリムにとってはもはや過去の話だが、あの時は激痛で泣きに泣いたとしみじみ思い出す。

「いやぁ、あの時は泣きましたね」

「そりゃ泣くわよ」

そんな話を踏まえながら続いたルルウェルの診断が終わり、リリムは装いを正してルルウェルに向き直る。診断の結果は特に異常なし。端的に言えば分からない、で終わった。

やはり医者ではなく、ただ魔物に精通しているだけの調査員ルルェルには荷が重かったということだろう。一応、ルルウェルはほんの少しばかり治癒魔法を使えるとのことで、人間の体の作りには多少の知識を持っているようではあったが、エンプーサは根本的に人間とは体の作りが違う。

「ごめんなさいねぇ。でも一つ言えることは、体に異常が出る前に新鮮な魔力を摂取した方が良いかも、ということだわ」

「新鮮な魔力ですか？」

「マナドレインって言うのかしら、それを使ってみた方が良いと私は思うのよ」

その方が良いとルルウェルは言うのだがリリムは困ってしまう。

理由としてはマナドレインされた側がどうなるか分からないからだ。

ルルウェルが教えてくれた文献によると、エンプーサがマナドレインで人々を殺《あや》めてきたというではないか。もしかすれば吸収する魔力の量が多過ぎて殺めてしまうのかも知れない。

それを伝えれば、

「じゃあ、どこからか魔物を捕まえてくれれば良いんじゃない？」

と返されたが、これまたリリムは困ってしまう。

「あの、マナドレインの方法は二つありましてですね。その一つは……、あの、ちょっとこれは言えないです。もう一つの方はその、口付けするんですよ」

「口付け？　キスってこと？」

「ですです」

そう答えるとルルウェルが顔面を歪《ゆが》める。

きっと彼女の頭の中では、リリムが生き抜く為に必死で魔物と口付けする壮絶な姿が浮かんでいることだろう。リリムは考えただけで鳥肌が立ってきた。

「ですので、マナドレインは今後も使わないという方向で――」

「ちょっと待ったァ！」

「どわぁッ!?　ティーミア！」

「そうっす！　ちょっと待ったでっす！」

「どわぁッ!?　ペーシャちゃん！」

突如としてベッドの下から姿を現すシルフが二人。ティーミアとペーシャだった。

リリムの正体が魔物だと知るティーミアはともかく、ペーシャまで姿を現したことにリリムは頭を悩ませる。今までの話をどう説明したものかと。

ただ、先ほどまでこの場に居たルーゴがシルフ達の気配に気付かない訳がないので、ここでの話はペーシャに聞かれていても問題はないのだろう。そもそもペーシャは同居人なのだ。これまで正体を隠していたことはさておき、いずれ話をしておかなければならなかった。

「リリム！　話は聞かせて貰ったわ！　どうやらマナドレインする相手に悩んでいるようね！」

「ペーシャ達は知ってまっすよ！　うってつけの相手を！」

なんて自信満々に言ってのける二人。

話は聞かせて貰ったなんて言っているが本当に聞いていたのかとリリムは顔を顰《しか》める。マナドレインした相手はもしかしたら死んでしまうかも知れないのだ。

「相手が誰だろうと無理ですよ。もしかしたら魔力を吸い過ぎてしまうかも知れないんですからね。駄目ったら駄目です」

「魔力を吸い過ぎるって心配するなら、なおのことうってつけじゃない」

「リリムさん、付いてくるっすよ」

「あ……ちょ、ちょっと！」

問答無用でリリムはペーシャに手を引かれてしまう。

診療所から外に連れて行かれる前にルルウェルに手を振って会釈し、リリムはこれからどこに連れて行かれるのかと疑問に思う。

シルフ達が言うには魔力を吸い過ぎても問題ない相手。

もしかすれば老い先短い村長かも知れないなとリリムは一人で勝手にぞっとする。

「ペーシャちゃん、それにティーミア、一体どこへ向かうんですか？　村長は駄目ですよ、いくら老い先短そうだからといって。あまりにあんまりですよ」

「あたしを何だと思ってるのよ！　悪魔かッ！」

「そんなことしないっすよ！」

どうやら村長ではないようだ。

手を引くペーシャ達が向かった先は診療所からほんのちょっと離れた空き地だった。

そこにうってつけの相手が居るらしい。

「む、三人揃《そろ》ってどうしたんだ。俺に何か用か？」

ルーゴだった。

兜の上から頬を掻《か》いて不思議そうにしているルーゴの隣にはラァラもおり、彼女も不思議そうに腕を組んで首を傾げていた。

「リリム君にティーミア君、それにペーシャ君だっけ？　そんなに急いで一体どうしたんだい？」

そう尋ねられればペーシャが意気揚々とルーゴ達の前に立つ。

「リリムさんがルーゴさんとキスしたいらしいっす！」

なんだって？　リリムは慌ててペーシャの肩を摑《つか》んだ。

「ぺ、ペーシャちゃん!?　ななな何を言って！」

「私はリリムさんの家でお世話になってますからね！　日頃のお礼も兼ねて、言い難《にく》いことを代わりに言ってあげまっした！」

「いや、言おうとしてないですからね!?」

このいたずら妖精め。それは余計なお世話ということが分からないのか。

そもそもどうしてドレイン先にルーゴが選ばれるのかがリリムには分からなかった。もしかして、キスの部分だけを敏感に聞き付け、勝手にリリムがルーゴのことを好いていると勘違いしているのだろうか、とリリムは頭を抱える。

「なに頭抱えてんのよリリム。ルーゴはあたしのだけど、マナドレインする相手にはピッタリじゃない。だってほら、殺そうとしても死ななそうじゃない？　それにすんごい魔法も使えるから魔力もきっとたっぷりだわ」

たぶんね、と付け加えてティーミアは何故ルーゴがドレイン先に選ばれたのか理由を説明した。

確かにルーゴはとんでもない威力を誇る魔法が使える魔術師であり、マナドレインしてもピンピンしてそうである。

「ルーゴ、君ったら隅に置けないね。リリム君がキスしたいってさ」

ラァラがこれは愉快と他人事《ひとごと》のように言う。口元を手で押さえて酷《ひど》く愉《たの》しげにしていた。

ルーゴは再び兜の上から頬を掻いている。癖らしい。

「……、これは困ったな」

困るのか。

リリムは知らぬ間にむっとしてしまったことに気が付き、ルーゴに慌てて弁解する。

「いやいやいや、違います違います。これはですね、ティーミアとペーシャちゃんが勝手に言ってるだけでしてね」

「だとすれば、どうして口付けがどうという話になる」

「違います、違います。るるるるルルウェルさんに言われたんですよ。一回マナドレインしてみた方が良いんじゃないのって。そうですそうなんです」

ルーゴがこちらに寄って来たので両手を振って言い訳する。

「顔が真っ赤だぞ。もしや熱があるのか？　マナドレインとやらが出来ないとそうなるのか？」

「ち、違います」

「嘘《うそ》を吐《つ》くな、目が泳いでいるぞ。いいぞ、やってやる。俺にマナドレインを使ってみろ。それで落ち着くのなら遠慮はいらん」

「むりむりむりむりむりむりむりですっ！」

意外にも許可が下りたので、申し訳ないがリリムはその場から逃げ出した。

背後からラァラが「初心《うぶ》だね」と言う声が聞こえた気がしたが足を止めることはなかった。

# 第10話　二つの手紙

リリムが冒険者ギルドのお抱え薬師となってから二週間が経過した。

今日はラァラと交わした約束の丸薬の納品日だ。

専属薬師の契約内容は至ってシンプル。週に一度、ロカの丸薬を三十ほど納めること。

余裕が出てきたらで良いからそのうち納品数を増やして欲しいな、とラァラは言っていた。リリムはどこかに薬を卸すなんて経験はない為《ため》、ラァラの言う通りで今はまだ納品数を増やす余裕はない。

「ペーシャちゃん、薬の梱包《こんぽう》は終わりましたか？」

診療所にてリリムが二階に向かって声を掛ければ、階段の奥にある調薬室から「あいあい！」と元気の良い返事が戻ってくる。

しばらくすれば、箱を一つ抱えたペーシャがどたどたと階段を下りて来た。

「はい、リリムさん！　お薬綺麗《きれい》に包みまっしたよ！」

「うわぁ、ペーシャちゃんは器用ですね。ありがとうございます」

手渡された箱はとても丁寧に紙で包まれており、そして紐《ひも》で作られた取っ手まで付けられていた。

リリムはここまで頼んではいなかったのだが、ペーシャが荷運びを考えて持ちやすいようにアレンジしてくれたようだ。

シルフはその小さな体躯《たいく》に似つかわしく小さな手をしており、とても手先が器用らしい。もしかすればペーシャだけの特技なのかも知れないが。

リリムは重ねてペーシャにお礼を言って、手渡された箱をそのまま丸薬を受け取りに来た冒険者に渡した。

「はい、ガラムさん。約束のお薬です」

「おうよ、確かに受け取ったぜ。ご苦労さん」

箱を手に取った冒険者の男が満足気に頷《うなず》き、その対価としてお金の入った袋を手渡される。

ちなみに薬の受取人にはギルドのBランク冒険者として活躍するガラムが指名されたようだ。

ガラムは一度アーゼマ村に調査員ルルウェルの護衛として来ており、なおかつリリムと顔見知り、加えてそこそこ腕が立つということでラァラから任命されたようだ。

「なあリリム、この丸薬なんだけどよ、ギルドで結構な評判なんだぜ。ポーションよりも場所を取らないし安いし効果も良いってよ」

「本当ですか、良かったですっ」

なんてガラムが嬉《うれ》しいことを言ってくれたのでリリムは自信満々に胸を張る。薬師としての腕前はあのルーゴからも、王都の者達《たち》に比肩すると言われたくらいなので、最近ではちょっとばかり自信が付いていた。

しかしながら、なんとももまあ直球な誉め言葉だったのでリリムは僅かに警戒した。

こりゃ何か裏があるなと。

「ここだけの話。俺にだけ調合レシピ教えてくれねぇか？」

「あ、ガラムさん、今ちょっと悪い顔しましたね。察するに王都の誰かから調合レシピを拝借して来てくれって頼まれたんじゃないですか？」

「うおっ、バレたか」

ガラムがこそこそしていて、ほんの少し悪い顔をしたのをリリムは見逃さなかった。

それはペーシャも同様だったようで、すかさず向こう脛《ずね》に蹴りをお見舞いする。

「オラァッ！　悪党めッ！　死ねでっす！」

「があああああああああああああああああああッ!?」

東の大陸にて弁慶の泣き所と称される人体の弱点を突かれ、ガラムが脛を押さえながら地面を転げ回る。シルフの蹴りを喰《く》らえばBランク冒険者といえどもあのザマらしい。

やがて痛みが治まったのか、立ち上がったガラムは何てことないと衣服の土埃《つちぼこり》を払った。

「今のは演技だ」

「あなたは何を言っているんですか」

「脛蹴られて悶《もだ》えてたことじゃねぇよ！　レシピを教えてくれってのが演技だって言ってんだ

よ！」

　そんな冷たい目で見ないでくれ、と言いながらガラムは事情をリリムに説明していった。なんでもギルドマスターのファラにこう頼まれたらしい。

「お前さんが安易に調合レシピを漏らすお人好《ひとよ》しじゃないか試してみてくれってな。ギルドが抱える薬師のレシピが漏れれば事だからな」

「うお、そうだったんですね。それは申し訳ありません。ほら、ペーシャちゃん」

「すまねぇっす！」

　ガラムが言うにはロカの丸薬を誰でも作れるようになれば、薬師リリムの価値自体が下がってしまうのだとか。そうなってしまえばリリムをギルドで抱える理由がなくなり、事実上の解雇を言い渡されることだろう。つまりギルドの保護下から外れてしまう。

　ファラはきっとそう言いたいのだ。

「まあ、レシピを教えたところで調合比率だとか、長年の勘もありますからね。誰にでもほいほい作れる訳じゃないですよ」

「なるほどね。そいつは安心だな。世の中小悪党が多いから気を付けろよ。ただでさえお前さんの薬は評判良いんだからよ」

「はい、ご忠告ありがとうございます。ペーシャちゃん、二番の棚から痛み止めの薬を持って来てください。ガラムさんの脛腫れてます」

「はいっす！　やり過ぎまっした！」

リリムはペーシャにお願いして痛み止めの薬を持って来て貰《もら》うことにした。

その傍らガラムが思い出したかのように手紙を取り出す。リリムがそれを覗《のぞ》き込んで見ると、どうやら手紙の差出人はアラト聖教会からと冒険者ギルドのようだった。

「ガラムさん、それは？」

冒険者ギルドの封蠟《ふうろう》が押印された手紙はまあ良いとして、リリムは青白い手紙を目にして分かりやすく表情を引き攣《つ》らせる。

以前、この手紙が発端でリリムは教会に拉致されて命を狙われるハメになったのだ。詳細までは知らなくとも、教会で何かあったことだけは知っているガラムが同情するような顔をして手紙を突き付けてくる。

「そんな嫌そうな顔しないで受け取ってくれ。リーシャの奴《やつ》に頼まれたんだよ、何でもルーゴの旦那とリリムに見て欲しいんだよ」

「リーシャ様からの手紙ですか!?　うわ、ちょっと見たくないですね」

以前までリリムはリーシャのファンであったが、教会での一件以降は彼女に苦手意識を持ってしまった。なので手紙を取ろうとする手が思わず震えてしまう。

「私かルーゴさん個人に宛てた手紙じゃなくて、私とルーゴさん二人にということなんですか？」

「みたいだな。それにしてもよ、アーゼマ村に行くならこの手紙を渡して来てくれって頼んできたリーシャの奴、すっげぇやつれてたんだよ」

「やつれてた？」

「俺が聞くのもなんだが、ルーゴさんとリーシャの間で何があったんだ？　リリムは教会で何があったか知ってるか？」

　そう聞かれてもリリムはすぐに教会から逃がされたので詳細は分からない。

　ルーゴが言うには二度とこちらに手を出さないように言い聞かせたとのことだが、それ以外のことは全く分からない。ルーゴにもあえて聞き出そうとしなかったが、もしかしてこの手紙を読めばそれが分かるのかも知れない。

　ひとまずガラムには自分も何があったかは分からないとだけ伝えておく。

「では教会からの手紙は受け取りますね。それと、もう一方の手紙は何でしょうか？」

　リリムが冒険者ギルドの手紙を指で示す。

「こっちはうちのマスターがルーゴさんに宛てた手紙だ。ついでだからよ、これ渡して来てくれねぇか？」

「どうしてですか、面倒臭がらない自分で渡して来てくださいよ」

「だってよ、ルーゴさん魔物狩りに出てるって言うじゃねぇか」

　ほら、と言ってガラムはアーゼマ村の近くにある森へと視線を向ける。一緒にリリムも森の方へと顔を向ければ、その直後、森の奥でドンッという衝撃音と共に黒煙が空に撃ち上がる。

遅れて地響きと一緒に見物していたのだろう村人の歓声がこちらにまで届いた。

「すんげぇ強くて俺も憧れるんだけどよ、用心棒やってる時はおっかなくて近付きたくねぇんだよ」

「ああ、なんとなく分かります。私も以前はあの魔法危ないよなぁって思ってましたから」

ガラムに同情したリリムはルーゴ宛の手紙を受け取ることにした。

# 第11話　黄色い花を探して

アーゼマ村に隣接する薄暗い森の奥地。

どこからか魔物の獰猛《どうもう》なうめき声が聞こえて来るにも拘《かかわ》らず、真っ黒兜《かぶと》のルーゴは堂々と森を進んで行く。その背後でリリムは少々怯《おび》えながら一緒に森を歩いていた。

「そんなに怯えなくても大丈夫だぞリリム、俺が付いている」

「ルーゴさんが居れば安心ですけど、怖いものは怖いんです」

「そもそもお前は以前、一人でこの森に入っていただろう」

「こんなに奥へ入ったことはないんですよぉ」

魔物がひしめく森の中でどうしてそんなに堂々と出来るのか、逆にリリムは問い詰めたくなるがルーゴはルーゴなのでしょうがないかと一人で勝手に納得した。

何故《なぜ》、リリムがこうして怯えながら森を進んでいるのか。それはアーゼマ村の近くにある森の奥地に、とある不思議な薬草が生えているという話を聞いたからだ。

ガラムから手渡された二枚の手紙。

そのうちの一つ、アラト聖教会から来た手紙は先に内容を確認したルーゴから読まなくても良いと言われてしまったので、リリムは手紙に目を通していない。正直読みたくもなかったのでどこかホッとしている。

そしてもう一つ、ギルドマスターであるラァラからルーゴへ来た手紙には、

『君達《たち》が住むアーゼマ村、その隣にあるマオス大森林の奥地に、ロカの実よりも魔力の回復効果が強い薬草があるという噂《うわさ》を聞いたんだ。あくまで噂だけどね。錬金術師として興味を惹《ひ》かれるからいくつか採って来て欲しいな』

そう書かれていた。

つまり、これは冒険者ギルドからルーゴに宛てられた依頼だ。そこに付け加えて、薬師リリムにもその薬草が持つ成分を調べて欲しいとのことだった。

ルーゴがこれを承諾し、リリムに協力を求めてマオス大森林の攻略に挑んだというのが、こうしてリリム達が森に足を踏み入れた理由だ。

ちなみにマオス大森林とはアーゼマ村の隣にある森の正式名称だったりする。

リリムは知らなかった。ルーゴは知っていたらしいが。

「それにしてもロカの実よりもすごい薬草って何でしょうかね。聞いたことないです」

「ラァラからの手紙には花弁が七枚ある黄色い花を探せとあるが」

「こうも暗いと見落とす可能性もありますね」

マオス大森林はシルフ達が住んでいた巨大樹の森ほどではないが、背丈の高い木々が生い茂って

おり、まだ昼間にも拘《かかわ》らず辺りは夕暮れのように暗い。森の入口はまだ明るいが、奥に進めば進むほどその傾向が顕著となる。

視界も悪い中、魔物に気を付けながら進まなくてはならない為《ため》、ラァラの言う黄色い花を見つけるのは中々に骨が折れそうだった。

「微精霊様もまだ見つけられないようですね」

指先を振りながらリリムが周囲を漂う微精霊に指示を出す。

ルーゴがリリムに協力を求めた最大の理由は、この『微精霊の加護』をあてにしてのことだったが、今回はどうも力及ばずといった様子でリリムは申し訳なく思ってしまう。

一応、薬草類に詳しいシルフ達は誘わないのかと聞いてみたが、そのシルフでも未知の草らしく助力は期待出来ないとのこと。

「お力になれなくてすみません」

「気にするな、まあ、そのうち見つかるさ。気長に探そう」

「そうですね、私もロカの実よりもすごいという薬草欲しいですし」

ラァラは恐らく薬師であるリリムもこの薬草を欲しがると見越してルーゴに依頼したのだろう。

しかし、微精霊ですら見つけられないというのに、ルーゴは「そのうち見つかるさ」と何だか大雑把な様子であった。

何か当てがあるのかなとリリムが考えていると、

「って、うわッ」

「どうした、大丈夫か」

薄暗い森を進んでいるので足がもつれてリリムが転倒しかける。

慌てた様子でルーゴが駆け寄って来たので、心配はいらないと伝えてリリムは立ち上がった。

「大丈夫です、ちょっと転びかけただけですから」

「辺りは薄暗いからな。仕方ない、明かりを点《つ》けるか」

そう言ってルーゴは腰にあった剣を引き抜いた。

いつもは丸腰なのに、どうして今日に限って剣を持っているのだろうとリリムは不思議に思っていたが、なるほど明かりに使うのかと顔を顰《しか》める。

「何をしているんですかルーゴさん、剣は明かりとして使用するものではありませんよ」

「そうでもない」

ルーゴが剣を振るえば、ボウッという発火音と共に剣身が真っ赤に染まって炎を纏《まと》う。すると、周囲が明るく照らされた。これで転ぶこともないだろう。

「空気との摩擦で作るのがこの炎剣だ。こうすれば魔力と燃料を消費せずに明かりを点けられる」

「それちょっと凄《すご》過ぎないですか?」

まるで生活の知恵みたいな空気でルーゴが馬鹿げた特技を披露する。

アーゼマ村のおばさん達が見ればエコだなんだとありがたがるだろう。

「あまりこの炎剣は使いたくなかったんだがな」

「え、そうなんですか？　もしかして燃やした剣がナマクラになっちゃう感じですかね」

「こうも暗いと魔物が寄ってくるかも知れない」

「え」

明かりを点けると魔物が寄ってくるかも知れない。

ルーゴの懸念を証明するように、茂みの奥からガサリと真っ黒な体毛をした猛獣が飛び出して来た。リリムは以前にもこの魔物を見たことがある。ブラックベアだ。

『ベアアアアアアアアアアア！』

「どわぁ!?　ブラックベアだあああ！」

「っく！　やはり来てしまったか！」

振り向き様にルーゴが手を振るえば、真横に突き進んだ重力魔法がブラックベアを吹き飛ばした。


そんなことがあったので、リリムは申し訳ないが炎剣は仕舞って貰《もら》うことにした。

剣の明かりでいちいち魔物が寄ってくるのでは心臓が持ちそうにない。それに比べれば暗くて多少足がもつれるくらい安いものである。

今は魔物が寄り付かない程度に淡く発光する微精霊に頼み、足元を照らして貰いながら森を練り歩いていた。最初からこうすれば良かった。

「ルーゴさん、さっきの炎剣って私でも出来ますか？」

振るうだけで発火する剣は見るだけなら絵面がやばいが、普段の暮らしに応用するならとても便利そうだった。燃料を消費しない炎の用途は幅広いだろう。

「どうだろうか、俺は鍛錬を重ねて気付けば出来るようになっていたが、リリムは剣を振るったことはあるのか？」

「ないです。あ、包丁なら毎日使ってますよ」

「普通、包丁は燃えないだろう」

剣も普通は燃えない。

「剣の経験がないのならば厳しいな。正しく振るうだけでも一定の訓練が必要になる」

言ってルーゴが軽く剣を振るうと、今度は剣撃が飛んで森の奥へ消えて行った。やや遅れて獣の悲鳴が聞こえて来る。どうやら魔物がこちらに近付いて来ていたようだ。

「一定の訓練で剣が飛ぶようになるのはルーゴさんだけでは？」

「いや、ラァラも教えたらこのくらい出来たが」

「ラァラさんも出来るのかぁ」

ギルドマスターに上り詰める人を例に出さないで欲しいとリリムは思う。

魔法は才能だと聞くが、剣の腕も才能なのだろう。その場には居なかったが、ルーゴはジャイアントデスワームを一刀両断したと言うではないか。その域に辿《たど》り着けるのはきっと一部の者だけだろう。それこそラァラとか、もしくは英雄ルークとか。

「ルーゴさんって魔法も剣もすごいですし、まるで英雄ルーク様みたいですね。名前も似てますし」

「俺は英雄なんてタマじゃない」

「謙遜しなくていいですよ、ルーゴさんは私を助けてくれた英雄ですしね」

「そうか。そう思ってくれるなら俺も嬉《うれ》しいよ」

件《くだん》の黄色い花を探しながら、そんな他愛もない会話を挟んで二人は森を歩き進める。

しばらくしてふと、ルーゴが足を止めたのでリリムも立ち止まった。

「ルーゴさん、どうしたんですか？」

リリムが不思議そうに顔を覗《のぞ》き込めば、ルーゴは森の中のとある一点を見つめていた。

視線の先にあったのは一つの小さな墓。

「お墓……ですね。どうしてこんな森の中に」

墓には誰のものとも書かれていなかったが、何者かが頻繁にここを訪れていた痕跡があった。周囲は綺麗《きれい》に整えられており、墓も綺麗に磨かれて汚れ一つ見当たらない。

しかし、添えられた花は替えられていないのか、既に萎《しな》びて枯れてしまう寸前だった。

「このお花の包み紙、アラト聖教会のものですね」

「知っているのか？」

「はい、色褪《いろあ》せちゃってますが、紙にうっすらと教会のマークが」

「……そうか」

リリムが指し示す先には確かに教会のマークが確認出来る。

つまり、ここを訪れていたであろう人物はアラト聖教会の関係者だということになるのだが、供養されている人物は誰なのだろうかとリリムが首を傾《かし》げていると、

「この墓は、自分が仲間に慕われていると思い違いしていた間抜けのものだ」

後ろでルーゴがぽつりとそう漏らした。

何か知っているのだろうかとリリムは振り返ったが、いつもの様子ではないルーゴを見て思わず押し黙る。余計な詮索はすまいと聞き返すこともしなかった。

「大丈夫ですかルーゴさん、とりあえずここから離れましょうか」

「そうだな」

ひとまずリリムはルーゴの手を引いてこの場を後にした。

引き続きマオス大森林を探索するリリムとルーゴだったが、目的の黄色い花は未《いま》だ見つかっていない。

ラァラ曰《いわ》く噂で聞いた話、の範疇《はんちゅう》を越えないので、黄色い花とやらは元々存在していない可能性もある。手紙にはヒントも何もなかったので探索は困難を極めた。

植物には各々の生態に適した生息地域があるのだが、この薬草はあくまで噂のものなのでどういった場所に生息しているのかも分からないのだ。

それらに加えて森の中を進むのも、ルーゴはともかく一般村娘であるリリムの体力を考慮しながらなので、そこらの冒険者よりもルーゴ達の探索速度は遅かった。

それを自覚しているリリムは申し訳なさそうに呟《つぶや》く。

「私って結構足手纏《あしでまと》いじゃないですか？」

「そんなことはない、ただでさえリリムは冒険者ではないのだからな。俺が勝手に協力して欲しいと頼んだのだ、気にするな」

なんてルーゴが言ってくれるが、リリムは自分の不甲斐《ふがい》なさを悔やむばかりだ。

そんなリリムを気遣ってか、ルーゴが一つ提案をした。

「そろそろ魔法を使って探してみようか」

「え～、そんな魔法があるなら最初から使ってくださいよぉ」

ルーゴさんも人が悪いですね、とリリムはルーゴの背中をポカポカと叩《たた》く。あのルーゴが使う魔法だ、きっとすぐに黄色い花は見つかるだろう。むしろ向こうから来てくれるかも知れない。

「恐らくだがリリムが思っているような魔法ではないぞ」

「まだ何も言ってないじゃないですか」

「探し物の方から来てくれるなどと、都合の良いものを想像していたんじゃないか？」

「ち、違います」

図星を突かれたリリムはそっぽを向く。

人の思考を読むのが得意だと言っていたラァラといい、この師弟は一体どうなっているのか。頭の中に入って来るはやめて欲しい。

「まあいい。お前は以前、俺に魔法を教えて欲しいと言っていたな」

「そういえばそんなことも言いましたね」

それは以前、ギルドの食堂を貸し切りにした時の話だ。

ルーゴが大喰《おおぐ》らいであることが判明し、そんなに食べると太ってしまうぞリリムは注意したのだが、その体には脂肪のしの字も付いていなかった。もしかして、ルーゴの馬鹿げた威力を誇る魔法の消費エネルギーが秘訣《ひけつ》なのではとリリムは睨《にら》んだのだ。

それが理由で魔法の教えを乞うたことは口が裂けても言えない。

「今、魔法を教えてやる」

「急ですね、随分と」

「そもそも今回、マオス大森林にリリムを連れて来たのはこれが目的でもあるからな」

そう言ってルーゴが立ち止まったのでリリムも足を止める。

一体どんな魔法を教えてくれるのだろうか。リリムが首を傾げていると、ルーゴが振り返ってこちらに手を差し出してきた。リリムも腕を伸ばして手と手を重ねる。

「え？」

「違う、そうじゃない」

「試しに魔法を見せようとしただけだ。今、あと少し早く俺が魔法を出していたら、リリムの手は消し飛んでいたぞ」

「だゃあ!?　すすすすみません！」

いつものように手を取れという意図なのかと勘違いしたリリムは自然と手を取ってしまった。盛大な思い違いに加えて『手が消し飛ぶぞ』と言われたリリムは慌てて手を引こうとするも、何故だかルーゴが手を強く握り返して抱き寄せてきたので逃げられなくなってしまう。

「る、るるルーゴさん！　な、何をっ!?」

「落ち着けリリム。この際だ、一から手取り足取り教えてやる」

目を閉じて右手に集中しろと説明を受け、リリムは未だに激しい動悸《どうき》を治めるべく、深く息を吐いて呼吸を整えていく。

するとどうだろうか、握られたルーゴの手を通して温かい何かがリリムの右手にじんわりと、ゆっくりと伝わってくるのが分かった。

「分かるか？　その温かいものが魔力の塊だ。それを行使し、火や風を起こすといった結果をもたらすのが魔法だ」

「な、なるほど？　私にも出来ますかね」

「お前はエンプーサだから恐らく心配は要らない。魔物は読んで字の如《ごと》く魔の物、だから先天的に魔法の才能がある筈《はず》だ。シルフ達のようにな」

「シルフ……、そうですね、確かに彼女達は元々、風魔法と窃盗魔法が得意だと言われてますしね」

「そういうことだ。このままリリムが得意な魔法の系統を探っていく。感じる魔力に意識を向けたまま、俺が今から言う言葉を頭の中でイメージしろ」

「分かりました」

言われた通りに目を閉じて集中していく。しかしだ、リリムの胸中にとある不安が浮かんでしまい、感じる魔力に意識を向けられないでいた。

「どうしたリリム、何かあったか？」

「る、ルーゴさん、魔物……、魔物は来ないですかね。今こうして魔法を教わってますけど、ここ森の中ですよ。私怖いです」

「確かにな、新鮮な餌がこんなにも無防備を晒《さら》しているんだ、明かりを点けずとも魔物が寄って来てもおかしくはない。だが大丈夫だ、重力魔法で結界を張った。こちらに近付こうとする奴《やつ》が居たら圧《お》し潰してやる」

重力魔法で結界を張っただのとルーゴはまたとんでもない魔法を使っているようだ。

重力魔法でどう結界を張ったのか気になるところではあるが、ルーゴが大丈夫だと言うのなら大丈夫なのだろう。リリムは一安心して魔力に意識を向けて再び集中する。

『ベアアアアアアアアアアッ!?』

さっそく魔物の悲鳴が聞こえて来た。結界は効果を十分発揮しているらしい。

「魔物の悲鳴で喧《やかま》しいがこれも修業だと思え。先ほども言った通り、俺が言う言葉を頭の中でイメージしろ。まずは『火』だ」

「は、はい。了解です、火ですね」

目を閉じているので分からないが、自分とルーゴの周囲から何かが圧し潰される音が聞こえてくる。それに叫び声も。また魔物が結界の餌食になっているのだろう。

気になって仕方がないが、これも修業だとリリムは集中を維持して火をイメージする。

思い浮かべたのは熊のお肉をコトコト煮込む鍋。それを焚《た》き付ける火だ。

以前、このマオス大森林でルーゴが大量に仕留めてくれたブラックベアのお肉は美味《おい》しかったなと、リリムは知らぬ間によだれが零《こぼ》れてきてしまう。

「魔力に揺らぎがないな、ならば次だ。水、流れる『水流』をイメージしろ」

『ベアアアアアアアアアアア!?』

『グギャアアアアアアアアアアアアアア!?』

「つ、次は水ですね」

先ほどから周りが喧しいが、リリムは言われた通りに水流をイメージしていく。

思い浮かべるのはお肉を煮込む為に井戸から汲《く》んで来た水だ。

頭の中で、バケツから鍋に水を流す。

「これも違うな。次は風だ、吹き荒れる風をイメージしろ」

『ボアアアアアアアアアアアアア!?』

『ピュギイイイイイイイイイイイイイイイ!?』

「ルーゴさん、ちょっと喧し過ぎないですか？」

「確かに魔物は多いが修業だと言っただろう、集中を欠くんじゃない。頑張るんだ」

「わ、分かりました。風ですね」

『ベアアアアアアアアアアアアアア!?』

周りがうるせぇ。

うるせぇがリリムは集中する。大事なのはイメージ。風、そう風。

思い浮かべるのは風魔法を得意とするシルフ、妖精王ティーミアだ。

以前、ティーミアに手を引かれて風魔法を纏いながら、冒険者ギルドに突っ込んだことがあった。

あの時の情景を頭の中に浮かべてみる。リリムは全身を強打して目が回ったことを思い出し、なんだか気分が悪くなってきた。

「これも違うな。では次だ」

リリムが得意とする魔法の系統を探る作業は進んで行き、基本の地水火風から光や闇といった系統を順番に調べ、最終的にリリムに適性がある魔法が判明した。

「なるほど、無の魔法だな」

「無？　これがそうなんですか？」

ルーゴの視線の先、リリムの両手の中で灰色の光が瞬《またた》いていた。

曰くそれが【無の属性】を宿らせた魔力とのこと。

無属性という言葉を聞いたことがなかったリリムは目を輝かせる。もしかすればルーゴのように、圧倒的で強力な魔法が使えるかも知れない。それこそ重力魔法だとか。

「る、ルーゴさん！　もしかして私、結構な才能があるのでは！」

「ああ、やるなリリム。お前は世にも珍しい生活魔法を得意とした魔術師になれるぞ。中々居ないんだ、無属性を得意とする魔術師はな」

「生活魔法？」

「ん？　そうだ、生活魔法だ」

「えぇ……」

てっきり重力魔法みたいな魔法を想像していたリリムは、まるで重力魔法を喰らったかのように力なくその場に崩れ落ちた。

リリムが得意とする魔法の系統は【無属性】だと判明した。

それは書物などでよく見かける地水火風または光闇のいずれにも該当せず、その他の属性に分類されるとのこと。無属性なんてリリムは聞いたこともなかった為、どんな凄い属性なのだろうかと思えば【生活魔法】に使われるとルーゴは言っていた。

「確かに重力魔法も無属性に分類されるが、これは消費するエネルギーが大きい。薬で魔力を補給しているリリムは魔力を無駄遣い出来ない。安易に使えば死ぬぞ」

「それは嫌ですね、じゃあ重力魔法は諦めます」

「その方が良い」

一応、重力魔法も無属性に分類される。

では同じ属性に分類される生活魔法とは何なのか。当然、リリムはそれが気になるが、どうやらルーゴが実演してくれるらしい。なんでも百聞は一見に如《し》かずなのだとか。

「よく見ていろ」

体勢を変えずルーゴは右足のつま先で地面をちょんと一突きした。

すると、魔力の波のようなものが突かれた地面を中心として広がっていき、落ち葉等のちょっとしたゴミが消え失《う》せる。

しばらくすれば、見える範囲に限定して森の中が綺麗になった。

「今見せたのは【お掃除魔法】と呼ばれるものだ」

「じ、地味ですねぇ」

「何を言うか、人体に有害な雑菌なども除去出来るのだぞ」

ルーゴが言うには『風呂場の黒カビも落とせる』とのこと。アーゼマ村のおばちゃん達に聞かせれば救世主だと崇《あが》められることだろう。ハーマルさんが王都の洗剤でも黒カビが落ちないと嘆いていた。

確かに生活魔法と呼ばれるだけの能力が無の属性には備わっているらしい。

「冒険者の死因は魔物との戦闘が一番に挙げられるが、その次に多いのが傷口から入り込んだ菌による感染症だ。それを未然に防げる生活魔法を侮るなよ」

「べ、別に侮ってる訳じゃないですよ。ただ、こう……なんと言うか、すごいなって」

「そうか、分かってるなら良い。では、今からお前に無属性魔法の真髄を教えてやる」

生活魔法について力説しながらルーゴは何もない茂みに向かって手の平を向ける。

そして次の瞬間、どこからか出現した縄が射出されて茂みの奥へと消えて行った。

「それは何です？」

「これも生活魔法の一種だ、捕縛魔法とも呼ばれている」

何か手応えを感じたのかルーゴが縄を引き寄せると、リリム達の前に縄で縛られた狼《おおかみ》のような魔物が引き摺《ず》り込まれた。

頭に大きな角が生えていることと、体が牛ほど大きいことを除けばただの狼なのだが、いかんせん縄を解《ほど》こうと暴れる度にチラリと見える大きな牙がリリムを震え上がらせる。

「ひ、ひぃぃぃぃ。何ですかこの魔物は」

「こいつはストナウルフと呼ばれる狼型の魔物だな」

なんでも警戒心が高い魔物で、リリム達が森の奥地に入ってからずっとこちらの様子を窺《うかが》っていたとルーゴは言う。獲物が油断して隙を見せると、額から生やす角でブスリと一突きする厄介な魔物で、冒険者界隈《かいわい》では特に注意が必要な魔物として有名なのだとか。

そんな魔物を容易《たやす》く捕縛するルーゴに今更驚きはしないが、ストナウルフの尖《とが》った角と鋭い牙を見てリリムは青くなる。間違っても一人の時に出会いたくはない。

「角で突かれなくとも、この牙で噛《か》まれれば軽く死ねるな」

「お、恐ろしい魔物ですね。それで、この狼はどうするんですか？」

「よし、この魔物に触れてみろ」

「は」

「この魔物に触れてみろ」

今、噛まれたら死ぬって言ってなかった？

「むりむりむり！　嫌です、絶対に触りたくありません！」

「何も怪我《けが》するまでとは言っていない。俺が付いているから大丈夫だ、一回だけで良い。この魔物の感触をその手で触れて確かめるんだ」

「うぐっ。る、ルーゴさんがそう言うのなら……」

どういう根拠で大丈夫だと言っているのか定かではないが、リリムは恐る恐るストナウルフに触れてみることにした。縛られた魔物は大暴れしているので、度々手を引いては戻しながらリリムはなんとかその毛並みに触れることに成功する。

「あ、意外とふわふわしてますね。もふもふぅ」

『ガゥアッ！』

「だぁやッ!?」

調子に乗ってふわふわした毛並みを堪能《たんのう》しようとすれば、伸ばした手のすぐ先で牙が火花を散らした。リリムは素っ頓狂な悲鳴を上げて大げさに飛び退《の》く。

「ははは、元気なワン公だ」

後ろのルーゴがこれは愉快と笑っていた。どうやら彼にはあの猛獣がワンちゃんに見えるらしい。


「ストナウルフ逃げちゃいましたね」

「俺も触りたかった」

「ルーゴさんって犬派なんですね、私は猫が好きです」

リリムが一度触れることに成功した為、縛り付けていた捕縛魔法を解くとストナウルフは大慌てで逃げ出してしまった。

触り損ねたルーゴは名残惜しそうに狼が逃げた茂みの奥へ視線をやっていたが、危うく手を噛み千切られそうになったリリムは、魔物が居なくなったことでホッと胸を撫《な》で下ろしていた。

ルーゴが犬派という余計な事実が判明したところで続きに戻る。

「これでリリム、お前は魔物に直《じか》に触れてその感触を確かめたな」

「手がなくなるかも知れませんでしたけどね」

「そんなことは俺がさせないさ。ひとまず、これでストナウルフの情報がより正確にリリムの頭に刻まれた訳だ。記憶としてな」

説明しながらルーゴがどこかで拾ってきた木の棒を使って地面に落書きを始めたので、リリムはしゃがみ込んで落書きを眺める。

「ただ見るよりも、直に触れた方がより正確な情報として記憶に残る訳だ。その情報を材料の一部として発動させる無属性魔法を今からお前に教える」

やがて地面に描かれたのは二重の大きな円だった。

続けてルーゴは円と円の隙間に見慣れない文字を刻んでいった。

「ルーゴさん、そのミミズがのたうち回ったような文字はなんですか？」

「嫌な言い方だな。これは魔法印と呼ばれる文字で、魔法の扱いに長《た》けている者なら誰でも知っている。まあ今のリリムが気にする必要は特にないがな」

「へぇ～、そんなものがあるんですね」

素人のリリムが見ても何が何だかさっぱりだが、やがて魔法印とやらを刻み終えたルーゴが二重の円、その魔法陣の中央を指で示す。

「これから見せる魔法も生活魔法の一種で【召喚魔法】と呼ばれるものだ。俺が今描いた魔法陣から自身の手となり足となる従者を呼び出す」

「お手伝いさんを呼び出すってことですか？」

「ああ」

その通りだとルーゴが頷《うなず》く。

先ほど魔法陣に刻んだ魔法印と呼ばれる文字は、呼び出す従者の条件を指定するものらしく、今回ルーゴが設定した条件は『召喚者の探し物を見つけることが出来る者』とのこと。

つまり、先ほど見て触ったストナウルフと呼ばれる種族の魔物の中から、指定する条件に当てはまる個体が呼び出される。

「リリム、お前が召喚魔法を使うんだ。俺の手を取れ、補助をしてやる」

「はい、ありがとうございます」

リリムが再びルーゴの手を取ると、繋《つな》がれた手の平を通してじんわりと温かい魔力が流れ込んでくる。やがて魔力が大きくなっていくと、繋いだ手と手が灰色に発光し始めた。これが魔法を行使する準備が整った合図だとルーゴは言う。

「あとは魔力を魔法陣に流し込めば完成だ。この感覚をよく覚えておくんだぞ」

「わ、分かりました。絶対に覚えておきます」

ルーゴがリリムと手を繋いだまま腕を伸ばし、円の中央へと持っていく。

すると、魔力が流れて行く感覚と共に、魔法陣は刻まれた印と一緒にまばゆい光を瞬き始めた。これから無属性魔法の真髄と言われる召喚魔法が行使されるのだろう。

その最中、ふとルーゴはリリムへと視線を向けた。

「リリム、どうだった。俺の教えは分かりやすかっただろうか」

「はい、とても分かりやすかったですよ。初めての私でもなんとなく感覚は分かりました。でも、どうしてそんなことを聞いてくるんです？」

リリムが小首を傾げるとルーゴは空いているもう一方の手で一枚の手紙を取り出した。

封蠟《ふうろう》を見るに冒険者ギルドから来たものだ。

「黄色い花とは別件でもう一つ、ララから頼まれたんだ。冒険者ギルドの低ランク達を鍛えてやってくれないかとな。魔物に対抗出来る人員を増やしたいらしい」

「なるほど、それもあって今日、私に魔法を教えてくれたんですね」

それなら大丈夫だとリリムは微笑《ほほえ》みかける。

なにせ、魔法陣がその発光を強め、中心に一つの影が姿を現したからだ。その影の中に浮かぶ瞳にこちらに対する敵対心は感じられない。召喚者の従者、そう呼ぶに相応《ふさわ》しい狼型の魔物がリリムを見下ろす。

「魔法が初めての私でも、成功しちゃいましたからね」

「そうか、そう言ってくれるとありがたい」

――黄色い花を一緒に探して欲しい。

そう伝えると、ストナウルフは返事をするように高らかに吠《ほ》えた。

生活魔法の一種——召喚魔法。

それによって呼び出された魔物はルーゴ曰《いわ》く『使役獣』と呼ぶそうだ。

「ストナちゃん、今日はありがとうございます」

『ウォンッ！』

マオス大森林を無事に抜け出したリリムは、その傍らに佇《たたず》む狼《おおかみ》型の魔物——ストナちゃんにお礼を言う。リリムがそう名付けた。ルーゴは安直と言っていた。

リリムの使役獣として呼び出されたストナの口には束になった黄色い花が咥《くわ》えられており、一言指示を出せば大人しくリリムへと渡してくれる。

「ストナちゃんのお鼻すごいですね。私達《たち》じゃ見つけられなかった黄色い花を簡単に見つけてくれちゃいましたからね」

まさか依頼の花が断崖絶壁の崖地に生えているとはリリムも思わなかった。

ストナが見つけてくれたから良かったものの、まともに探せば崖なんてわざわざ覗《のぞ》き込まなかっただろう。なにせ英雄ルークも崖から転落して命を落としたというのだから。

ストナ万歳とリリムは褒めちぎる。

「流石《さすが》ですよ、ストナちゃんっ」

「まあ、花を見つけ出せることを条件として呼び出したからな。当たり前と言えば当たり前だが、偉いぞストナ、ははは、お前はすごい奴《やつ》だ」

ルーゴがストナの頬に手を添えると、まるで甘えるようにストナは頬ずりを始める。

本当に犬みたいだなとリリムは思った。

ストナウルフは冒険者の間でも危険な魔物と認知されているようだが、召喚魔法によって呼び出されたストナには凶暴性は全く見受けられず、まるで訓練を受けたペット犬のように大人しい。

召喚者であるリリムが一言命じれば、狼型の魔物とあって優れた嗅覚を用いて、瞬《また》く間に黄色い花を探し当ててくれた。

ルーゴ曰く『それを可能とする者』を条件として組み込んだらしく、花を見つけられるのは当然なのだとか。逆を言えばそれを可能とするストナウルフが存在しない場合、魔法陣は何も呼び出せないらしく、運が良かったとのこと。

「ご苦労だったなストナ、お前がリリムの初めての使役獣で良かった。平らになってしまっているが、礼にブラックベアを持って行って欲しい」

魔法の系統を探っている最中に重力結界の餌食となったブラックベアを持ち帰っていたルーゴは、その死体を数個魔法陣へと投げ入れた。

するとストナは嬉《うれ》しそうに一声鳴いて、ブラックベアと共にその姿を消失させた。

「ああ……、帰っちゃいました」

リリムは僅かな間ではあったが、行動を共にしたストナウルフとの別れが名残惜しく感じられた。

召喚魔法を教えてくれたルーゴはというと、

「この魔法で呼び出す魔物とは一期一会だ、あまり入れ込むなよリリム。次に召喚魔法を介さず野生のストナとして相対すれば、彼は問答無用でこちらに襲い掛かってくる」

「そんな。私にもルーゴさんにも、あんなに懐いていたのに」

「一時だけ主従の契りを結ぶのが召喚魔法だ。だからストナはあんなにも大人しかったし、リリムの言うことを素直に聞いてくれた。魔法を介さなければストナもただの魔物だ。近付くだけであの角と牙の餌食にされるぞ」

「そ、そうなんですね」

と、どこまでも冷静な物言いに言い返せず、踵《きびす》を返して村へと足を向けたルーゴの後ろをリリムは黙って付いて行く。なんとも言い難い空気の中、ぽつりとルーゴが言った。

「……だが、ストナと次に出会った時、リリムのことを覚えてくれていると良いな」

その言葉にリリムは「はいっ」と頷《うなず》いて笑みを返した。

「さて、さっそくお花の効能を確かめてみましょうか」

ストナと別れた翌日の早朝。リリムの自宅兼診療所の二階――調薬室にて、リリムは眼前の机に置かれた件《くだん》の黄色い花を手に取った。

王都には植物学者と呼ばれる者達が居る。

彼らは植物に対する様々な学術研究に取り組んでいるらしく、新たに発見された薬草の効能を専門的な知識と道具、又は魔法を用いて調査するのだ。

一方、教養のない田舎娘のリリムには専門知識も全くない。薬の知識はほとんど独学で頭に叩《たた》き込んでいた。それに加えてあまり裕福ではないリリムは高額な専門道具に手が出せない。おまけに魔法の素養もない。なんにもなかった。

唯一使える魔法は、昨日ルーゴから教わった召喚魔法くらいだ。

それもルーゴの補助がなければ使用出来るかも怪しい。

ならばどうするか。

「ペーシャちゃん、この黄色いお花を見たことはありますか？」

そう、ペーシャだ。

彼女は元々、自然溢《あふ》れる森の中で生活していたので植物に詳しい。なのでもしかしたら黄色い花についても何かしらの知識を持っているかも知れない。

ペーシャと共に暮らしている。それが王都の植物学者との相違点。

「ごめんっす。見たことないっす」

「聞いたこともないですか？」

「食べたこともねっす」

どうやら何も分からないようだ。

植物に詳しいシルフにとっても未知の薬草となると、この黄色い花は田舎娘のリリムでは手に負えない可能性も出てくる。薬草学の本にもこの花についての記述は見当たらなかった。

しかしこの花はストナがせっかく見つけてくれたものなのだ、簡単に諦める訳にはいかない。

「微精霊様、私に力を貸してください」

指をくるりと振るって微精霊の加護を使用すれば、指先に青白く発光する微精霊達が集まってくる。リリムは手にしていた花をテーブルにそっと置いて微精霊に指示を出した。

「微精霊様、このお花は食べられますか？」

「リリムさん、お腹《なか》減ってるんすか？」

背後のペーシャがそう尋ねてくる。違う、そうではない。

「違いますよ、ロカの実も生薬としてそのまま食べられますので、もしかしたらこのお花もそうなのかなと思っただけです」

「食べるって生ででっすか？」

「そうですね、微精霊様が私でも食べられるかを判断してくれますので、もし大丈夫そうならまずはそのまま食べてみようかと思います。きちんと消毒もしましたしね」

「意外と勇気あるんすねぇ……」

意外とは余計だがリリムは薬草を食し、その効能を自分の身で確かめてみた経験は何度かある。実際にリリムと同じように食して実験する植物学者は多いのだとか。

そんなことをしていると酷《ひど》い目に遭うことも度々あるが、微精霊のお陰で今のところあの世へ渡りかけるといった経験はない。

「おや」

ふとリリムが視線を下げれば、微精霊達が花の根に止まって光を瞬《またた》かせていた。

どうやら根っこはイケると判断されたらしい。今までの経験からしても、植物の薬効は根に集約されていることが多い。どうやらこの黄色い花もその例に漏れずといったところのようだ。

リリムは花の根を切り取ってペーシャを振り返る。

「ペーシャちゃん、私の身に何かあったらよろしくお願いします」

「そこまで覚悟決まってるんすか」

「お師様にも言われてるんですよ。未知の薬草は大丈夫そうならとりあえず食べてみろって。我が身が実験台という訳ですね」

「ほぇ～、リリムさんってお師匠さん居たんすね」

「そう言えばお話ししたことなかったですね。村長ですよ。もうすっかり引退しちゃってますが、アーゼマ村の村長が私のお師様なんです」

そう言ってリリムは花の根を齧《かじ》ってみた。

ロカの実もそのまま生薬として食べられるのだから、この黄色い花も大丈夫だろうとばかりに。

一応、微精霊も食べて問題ないと言っているのだから。

「どっすか？　どんな味っすか？」

「う～ん、ネギ？」


——三時間後。


「ふぐゅぅぅぅぅぅぅぅぅぅぅ……っ」

診療所、その治療室のベッドの上には、冷や汗をだらだらと流しながら横たわるリリムの姿があった。まるで苦虫を噛み潰したような表情で腹を抱えるリリム、その横でペーシャが神妙そうな顔でコップと腹痛薬を手にしていた。

「知らない薬草見つける度にこんなことしてるんすか」

「いえ、今回が……凄《すご》過ぎる、だけです」

「いつか死にまっすよ？」

ほら飲むっす、と言ってペーシャが腹痛薬を差し出してくれるも、リリムはゆっくりと頭を横に振って拒否する。

「せ、せっかく持って来てくれたのに……、申し訳ありませんペーシャちゃん。これは、腹痛で悶《もだ》えてる訳じゃないんです」

「そうなんすか?」

患者の症状を見てペーシャは腹痛の薬を選んだのだろう。

診療所で共に過ごすようになってまだ日は浅いが、自分の仕事をよく見ているんだなと褒めてあげたくなってくる。だが、今回リリムが苛《さいな》まれているのは腹痛ではない。

全身が燃えるように熱いのだ。

顕著なのは腹から胸にかけて、特に心臓に近い部分が熱を持っている。

「これは……魔力超過ですね」

——魔力超過。

オーバーフローとも呼ばれるそれは、身に余る魔力が体内で生成されると発症してしまう。

ロカの実を食べ過ぎたり、魔力を回復させるポーションを暴飲したりすると体が魔力を過剰生産してしまうのだ。体が発熱したように感じるのもそれが原因である。

リリムは黄色い花の根を一齧りしただけだ、なのに魔力超過を発症してしまった。これはつまり、あの花の根はロカの実よりも強力な魔力回復の効果を持っていることの証明。

「ふ、ふふ……。これはすごい発見です……ぐぅぅぅ」

「わ、笑ってる。熱でとうとう頭が。ちょっとルーゴさん呼んでくるっすよ」

「……駄目ですよ、ペーシャちゃん待って、ください」

ベッドの上で悶えながら笑みを溢《こぼ》すリリムを見て顔を青くしたペーシャは、ルーゴを呼んでこようと慌てて診療所の出口へと足を向けた。そんなペーシャをリリムは呼び止める。

「ルーゴさんは今、とっても忙しいんですからね……」

今、アーゼマ村を冒険者ギルドの者達が訪れている。なんでもルーゴはラァラに『ギルドの低ランク達を鍛えてやってくれないか？』と頼まれたらしい。

そんなこともあってルーゴは今、アーゼマ村の広場で魔法の講習を冒険者達に行っている。たかが魔力超過くらいで邪魔する訳にはいかない。

「ペーシャちゃん、これはしばらく安静にしていれば治るので、大丈夫です……うぅ」

「大丈夫そうには見えないっすけどね」

まさか一齧りしただけでこんなことになるとは。あと数時間はベッドの上で苦しむハメになるだろうとリリムは覚悟した。

◇◆◇

――その日の夜。

魔力超過を起こして苦しんでいたリリムの容態がようやく落ちついてきたので、ペーシャは寝室を後にした。

容態が落ち着いたとはいっても発熱が治まった訳ではない。リリムはしばらく安静にしていれば治まると言っていたが、一向に熱が引く様子はなかった。

心配だな。そう思ったペーシャは診療所を後にした。

「ルーゴさん、ちょっと診療所まで来て貰《もら》えないでっすか？」

「む。どうしたんだペーシャ」

向かった先はルーゴの自宅。

ペーシャがこんな時に頼れる人物など他には居ない。妖精王ティーミアを含めたシルフ達の中に、魔力超過で苦しむリリムをどうにか出来る医者なんて存在しない。だからルーゴを頼った。

ルーゴなら不思議とどんな問題でも解決してくれる気がしたのも、彼を頼った理由の一つだった。

ペーシャはルーゴに事情を説明する。

「なるほど、それは心配だな。よし分かった。なんとか出来るかも知れない。様子を見に行こう」

リリムが魔力超過を起こしてしまったと説明すると、ルーゴは快諾してくれた。やはり頼りになるなとペーシャはほっと胸を撫《な》で下ろす。

ただ、ペーシャとしてはあまりルーゴを診療所に連れて行きたくないというのが本音だったりもする。

というのも、ルーゴを診療所に連れていくとリリムがあまり芳しくない反応をするのだ。

以前、リリムが草刈りで腰を痛めてしまった時も、ペーシャがルーゴを連れてくると何やら複雑そうな顔をしていた。

理由は分からない。あえて聞こうともしなかった。

そして先日、マナドレインをする相手に困っていたリリムをルーゴのもとへ案内した時も、リリムは「無理だ」と全力拒否してその場からそそくさと走り去ってしまった。

もしかしたらリリムはあまりルーゴのことを好ましく思っていないのかも知れない。

しかし、今はとやかく言っている場合ではないので、ペーシャはルーゴの手を引いて診療所の寝室へと案内する。

「邪魔するぞ、リリム」

「うわぁッ！　る、ルーゴさん!?」

すると、やはりと言うべきかリリムはルーゴの姿を見るや否や過敏な反応を見せていた。

病人にあの真っ黒兜《かぶと》は毒かも知れないが、ペーシャはここは我慢してくれとリリムに耳打ちする。

「リリムさんのことが心配だったので、ルーゴさんを連れて来まっした。どうにか出来るかもって言っていたので安心してくださいでっす。リリムさんはルーゴさんのことが苦手かも知れませんが、我慢して欲しいっす」

「えぇ？　苦手？　そ、そんなことはないですよ。ただ、私……今、パジャマ姿なので、ちょっと恥ずかしいのですが……」

「何言ってるんすか、そんなこと言ってる場合じゃないっすよ」

ペーシャは、熱を出している分際でパジャマがどうのとのたまうリリムを黙らせる。

昼間は胸の奥が熱いと言っていたが、もしやとうとう頭にまで熱が回ってしまったのかも知れない。早急に対処する必要がありそうだ。

「ルーゴさん、なんかリリムさんがこの期に及んでパジャマ姿が恥ずかしいとか支離滅裂なことを言ってまっす。やばいでっす。早く助けてあげてくださいっす」

「なるほど、重症だな」

酷く心配そうに頷いたルーゴがそばにあった椅子を引いてベッドの横に腰を下ろす。そして発熱のせいか顔を赤くしているリリムの首筋に手を当てた。

「わひゃッ!? る、るるるルーゴさん、一体何をッ!?」

「熱を測ろうとしただけなのだが」

「え? あ、ごごごめんなさい」

「俺の方こそ配慮が足りなかった。すまない」

「別に、嫌とは言ってないですけど……、ちょっと、急にでしたから、はい……」

なにやらぶつぶつと独り言を言いながら、リリムがパジャマのボタンを一つ外して首元を広げる。

ルーゴはもう一度、リリムの首筋にそっと手を当てた。

「熱が酷い、まさしく魔力超過の症状だな。ペーシャから聞いたぞ、黄色い花の根を齧ってそうなったとな」

「す、すみません。昔からそうやって、実験していたものでして」

「謝るな、お前を責めている訳じゃない。ただ、俺が前にこう言ったのを覚えているか？　もっと自分を労《いた》われとな。あまりペーシャを心配させるんじゃない」

「……そうですね、反省してます」

リリムが申し訳なさそうにしてこちらに顔を向ける。

ペーシャは別に気にしてないと手を振った。

「反省しているのなら良い」

そう言ってルーゴがリリムの手を取る。

するとリリムの顔が僅かに紅潮した。

おや？　とペーシャは思った。

「安心しろ。今、楽にしてやる」

あの真っ黒兜にそれを言われるとペーシャは物騒なことを想像してしまう。しかしリリムはそうではないらしく、まるで身を任せるように頷いて目を閉じていた。

再びペーシャはおや？　と思ったが、黙って様子を見守っていると、リリムとルーゴが繋《つな》いでいる手が淡く発光し始めた。

魔法の扱いを心得ているペーシャには分かる。

あれは魔力を放出させているのだ。

ルーゴはきっとこう考えたのだろう。魔力超過を起こして魔力が過剰生産されているのなら、リリムの体内から無駄な魔力を外に逃がしてやれば良いのだと。

やはりルーゴを頼って正解だった。

魔力が光の粒子となって外へと放出されていく。

苦しそうだったリリムの顔色が次第に良くなっていった。

「ありがとうございます。なんだか……、体が楽になってきました」

「そうか、それなら良かった。そのまま横になっていろ」

「はい。本当にルーゴさんは、頼りになりますね」

「それこそ前にも言っただろう。頼ってくれとな」

「そんなこと言われると、このままずっと甘えてしまいそうです」

「子供が大人に遠慮なんてするんじゃない。お前はアーゼマ村の薬師としてよく頑張っている。だから少しくらい駄々をこねたって良いんだ」

「そ、それじゃあ……」

リリムが閉じていた瞼《まぶた》を開き、どこか気恥ずかしそうに目を泳がせる。コホンと咳払《せきばら》いをして、また目を閉じて言った。

「このまま、手を握っていて貰っても……良いですか？　べ、別に他意はないんですけど、その、なんだか安心するので」

「ああ、お安い御用だ」

リリムが強く、ルーゴの手を握り返していた。

完全に蚊帳の外にされたペーシャは居ても立ってもいられず、

「る、ルーゴさん！　私は水を汲《く》んできまっすね！　あとタオルもご用意してきまっす！　リリムさん、なんだか顔が赤いので」

と言い訳してペーシャは寝室を後にした。

そして洗面所に向かいながら黙考する。

ルーゴに対するリリムの反応が先ほどからどうもおかしいなと。

ペーシャはてっきりリリムはルーゴのことが苦手なのかも、と思っていたのだがそうではないらしい。手を握られると顔を紅潮させていた。そして先ほどはルーゴにちょっとというか、かなり信頼を寄せているような素振りも見せていた。

草刈りの助《すけ》っ人《と》としてルーゴを呼んだ時は、目に見えて複雑そうな顔をしていたのだが、一体どういうことなのだろうかとペーシャは首を傾《かし》げる。

そして桶《おけ》に汲んだ水とタオルを用意したペーシャは再び寝室の前へ。扉の取っ手に腕を伸ばそうとすると中から声が聞こえてきた。

『ルーゴさんは、どうして私に……優しくしてくれるんですか?』

『どうした。何故《なぜ》、そんなことを聞いてくる』

『だって私、魔物だってことをずっと黙っていたのに。でも、ルーゴさんは私を、守ってくれたから』

なんだか中に入り辛《づら》い空気がそこから漏れ出ていた。

扉が言っている。入ってくるなと。

完全にタイミングを見失ったペーシャは所在なさを紛らわす為《ため》に、寝室の前をうろうろし始める。

無意味に壁の溝を指でなぞったりもした。

『別にお前だけに優しくしているつもりはないのだがな』

『……そうですか』

『どうしたリリム、何故叩いてくるんだ』

中から乾いた音が聞こえてくる。

ここでペーシャはようやく先ほどの疑問が腑《ふ》に落ちた気がした。

どういう心境の変化かと思ったが、ああそういうことかと納得する。

ペーシャは教会での出来事の話を聞かされていた。

リリムはリーシャという女に命を狙われた。そして、ルーゴにその命を救って貰ったと。巨大樹の森でルーゴがティーミアと戦った時もそうだった。

二度もだ。リリムがルーゴに救われたのは。

『まあ、ルーゴさんは……、そういう人だから、アーゼマ村の皆から頼られるんですね。今、それが分かりました』

『どういう意味だ』

『ルーゴさんはアーゼマ村の用心棒だと言いたいだけですよ』

『……今は、お前のそばに居る』

『手、離さないでくださいね』

ペーシャはタオルと桶を寝室の近くに置いて、そっと診療所を後にした。

そして向かった先は村長の家だった。

シルフの長であるティーミアは、アーゼマ村の長である村長の家で厄介になっている。なので今日はティーミアのところでお泊まりさせて貰おうかと思った。

頼っておいて申し訳ないが、後のことはルーゴに任せよう。

風を操って空を飛べばすぐに村長の家が見えてくる。

玄関の前に降り立ち、ノックをすればティーミアが出迎えてくれた。

「あれ、ペーシャ？　こんな夜中にどうしたのよ」

「すみませんでっす、妖精王様」

「え？　急にどうしたってのよ」

開口一番、謝罪を口にするとティーミアは首を傾げていた。

ティーミアに特別な感情があるのかどうかはさておき、彼女はルーゴをシルフに取り込もうとしている。ティーミア自身がそう言っていたのだ。ルーゴと絶対番《つがい》になってやると。

だからペーシャは正直に謝った。

「申し訳ないでっす。私は妖精王様の敵を作ってしまいまっした」

「んぇ？　なになに？　ちょっと何の話してんのよ！　怖いわッ！」

「すんませんっす。許してくださいでっす」

ティーミアは我らがシルフの長なのでもちろん応援してあげたいのだが、リリムにもまた世話になっているので出来れば味方してあげたい。

ペーシャは悩みの種を抱えてしまった。

# 第13話　ルーゴの講習

「よし、薬草の効果は身を以《もっ》て証明済み……と」

事務机に向かい、リリムは一枚の書類にサインする。

この書面を添えて冒険者ギルドにマオス大森林で採取した黄色い花を送付すれば、花の根の薬効はギルドの専属薬師リリムのお墨付きを貰って依頼主であるラァラの手に渡る。

しかしその研究内容は『花の根を生のまま齧《かじ》る』という、王都の植物学者と比べれば拙い内容になってしまっている。だが、

――そのまま摂取すれば魔力超過の症状を引き起こすこと。

――乾燥させて保管しても成分に劣化は見受けられなかったこと。

――微精霊の加護によって毒性はないと判明したこと。

以上の研究結果を添えれば一応の体裁は保てるだろう。

より精密な調査は錬金術師のラァラ自身、もしくは王都の学者に別途、依頼する筈《はず》だ。

リリムはもう一つ注意書きとして『ただし齧ったのは私です』と記す。

これはリリムの正体がエンプーサだと知るラァラだけに向けたメッセージだ。これを見たラァラ

は『魔物が摂取すれば魔力超過を引き起こすが、人間が摂取すればどうなるか分からない』と受け取ってくれるだろう。

仮にラァラ以外の誰かがこの手紙を見てしまっても、それが何を意味しているか分からない筈だ。

「ではペーシャちゃん、これをルーゴさんに渡してくるのでお留守番をお願いしますね。知らない人が来ても無暗《むやみ》に玄関を開けては駄目ですよ？」

「あいあいっす！」

黄色い花を梱包《こんぽう》してリリムは診療所を後にする。向かう先はアーゼマ村の広場、ルーゴのもと。

一応、ルーゴが受けた依頼なので彼の了解を取る必要がある。

「今日は天気が良いですね」

ふと視線を上げれば、快晴の空に太陽が浮かんでいた。

太陽が真上にあるので今はお昼の時間帯。広場にて冒険者相手に魔法と剣の実技講習を行っているらしいルーゴもお昼休憩を取っていることだろう。丁度良い。

「あ、そういえばリリムさん」

と、広場へと足を進めようとすれば、背後からペーシャに呼び止められた。

一体どうしたのだろうかと振り返れば、

「昨晩はルーゴさんとお楽しみだったようでっすね？　ちゃんとお礼を言うんすよ？」

いたずら妖精がこちらをからかうように、にんまりと怪しい笑みを浮かべていた。

リリムは昨日の夜のことを思い出して顔を真っ赤にする。

「は!? な、なにを言っているんですかペーシャちゃん！　昨日はただルーゴさんに魔力超過を治して貰《もら》っていただけですよ！」

昨日の夜、リリムは魔力超過によって過剰生産された魔力をルーゴに放出して貰った。お陰で朝起きてみれば体調はすっかり元通りになっていた。

それに対してお礼を言え、とペーシャに言われるのならまだ理解出来るのだが、昨晩はお楽しみでしたねと言われる意味が分からない。

こっちは自業自得とはいえ、魔力超過で高熱を出していたのだ。楽しむ余裕などありはしない。

「まったく人聞きが悪いですね」

リリムはむっとしてペーシャに背を向ける。

「……手、離さないでくださいね」

すると、ぽつりと漏らしたいたずら妖精のその台詞《せりふ》に背中を小突かれた。

リリムは再び振り返る。

「ちょっと！　なんですかそれは！」

「なんですかって……昨日、リリムさんってばルーゴさんにめちゃめちゃ甘えてたじゃないっすか」

「あ、甘えてなんかいません」

「手を離さないでって言ってたのにっすか？」

「違います」

「手を離さないでって言ってたのにっすか？」

「ぐううううっ」

このいたずら妖精めと思いながらも、リリムは何も言い返せずにただ歯を食いしばるばかり。

確かにどうしてあんなことを言ってしまったのだろうか、リリムは自分でも不思議に思う。やはり高熱で頭がおかしくなってしまっていたのだろう。そうに違いないとリリムは決めつけた。

「ペーシャちゃん、他の人には絶対に言わないでくださいね。あれはたぶん、熱で馬鹿になってただけですから」

「そうだったんすか。でも私はリリムさんの味方っすからね。応援してまっすよ」

「何を応援するつもりですか。とにかく、他の人には言わないでくださいね」

「二度も言わなくても分かってまっすよ」

本当に分かっているのだろうか。

不安でしょうがないが、リリムはペーシャに手を振って広場へと向かうことにした。ただ、その足取りはやや重たい。正直、色んな意味でルーゴと顔を合わせたくなかった。

「何であんなこと言ったんだろう」

溜息《ためいき》を溢《こぼ》し、もんもんとした様子でリリムは足を進めた。

診療所から五分ほど歩けばアーゼマ村の広場が見えてくる。

そこで木陰に腰を下ろしているルーゴを見つけたリリムはぎこちなく手を振った。すると目ざとくこちらを見つけたルーゴが駆け寄ってくる。

「リリム、何故《なぜ》ここに居る。体調は大丈夫なのか？」

「だ、だだだだ大丈夫です」

「大丈夫じゃないな」

ルーゴに腕を引かれて木陰に座らされる。

「どうやらまだ魔力超過の症状が残っているようだな。安心しろ、すぐ楽にしてやる」

酷《ひど》く心配そうに言ったルーゴに手を強く握られてしまう。リリムは頭がどうにかなってしまいそうだった。昨日、変なことを言ってしまったので無駄に意識してしまう。

「ルーゴさん、わわ私は大丈夫なので……」

「顔を真っ赤にさせている奴《やつ》が言って良い台詞ではないな。明らかにまだ熱が出ているだろう」

「ほ、本当に大丈夫なんです」

「嘘《うそ》を吐《つ》くな。お前は……ん？　なんだ、本当に魔力は正常だな」

リリムの手を握っているルーゴが「一体どういうことだ」と小首を傾《かし》げていた。

「だから大丈夫だって言ったじゃないですか」

「そ、それはすまなかったな。しかしどうしてそんなに顔を赤くさせている」

「……今日は雲一つなくて暑いですからね。ふぅ～暑い暑い」

空を見上げたリリムはパタパタと手を振って顔面にそよ風を送る。

隣のルーゴは懐疑的な視線を向けていたので、真っ黒兜《かぶと》にもそよ風を送ってやった。

「それで、大丈夫だと言うのなら、俺に何か用があったのか？」

「あ、そうですそうでした。黄色い花の調査、無事に終わりましたよ」

深呼吸して顔面の火照りをなんとか落ち着かせたリリムは、調査結果を記した書類と花の入った箱をルーゴに手渡す。

「わざわざ届けに来てくれたのか。暇を見て診療所の方に行こうかと思っていたのだが」

「いえいえ、ルーゴさんは忙しいみたいですからね。昨日もお世話になったんですから、これぐらいはさせてください」

「お陰で手間が省けた、助かるよ。後のことは俺がやっておく」

「了解です」

ルーゴはつい先日、ギルドマスターのラァラから『ギルドの低ランク達《たち》を鍛えてやってくれないか』という依頼を受けている。

ルーゴに依頼の確認を取ったリリムがふと広場に視線を向ければ、そこには冒険者の装いをした男女が数名、和気あいあいと習得したばかりなのだろう魔法を披露していた。

「す、すげぇ！　俺でも火の魔法が使えてるぜ！」

「そんなの大したことないじゃん。私なんて火と風、それに水よ？」

「複数使えたところで器用貧乏ですな。私は闇魔法がそこらの者より秀でていると言われましたよ」

「闇魔法なんて陰気な魔法だな。俺は闇をも照らす光属性の才能があるってよ」

ある者は火の魔法を放って的を撃ち抜き、またある者は複数の魔法を操っていた。中には黒い煙を纏《まと》いながら得意気に笑う者や、黄金色に輝く剣を天高く掲げている者も居る。

ルーゴ曰《いわ》く、あの者達のほとんどが、

「魔法も使えないギルドの『Eランク』達だというのだから俺も驚いた。最低ランクとは名ばかりだな。皆、各々形は違えど才能溢《あふ》れる者達ばかりだ」

とのことだった。

どうやらこの村に来た時点では、魔法が全く使えない者達ばかりだったようだが、リリムにしたように魔法を教えてあげればどんどん身に付けていったとルーゴは嬉《うれ》しそうに話す。

「そうなんですね。流石《さすが》は冒険者と言いますか、皆さんすごいです」

「ははは、そうだな。教えればどんどんものにしていくんだ。そうなってくると俺もついついやる気が出てしまってな。まったくラァラは彼らに何を教えていたんだか」

そう言ってルーゴは呆《あき》れ気味に嘆息する。

リリムはルーゴにしか魔法を教わったことしかないので他が分からないが、単純にルーゴの教え方が上手なのではないかと思ってしまう。

ルーゴに手を握られて魔力が流れる感覚を教わると、今まで魔法を使ったことがないリリムもなんとなくだがコツを摑《つか》んでしまった。

ただ、流石のルーゴも万能ではないので、中には教えてもコツが摑めない者も居るらしく、

「ルーゴの旦那、これどうなのよ？」

「すまないガラム殿、俺の教え方が悪いようだ」

「いや、周りの連中見る限りだが、そんなことはねぇと思うんだけどよ」

リリム達の方へ歩み寄って来たBランク冒険者の男――ガラムが難しそうな顔をしながらこちらに人差し指を見せていた。

どうやらガラムはギルドの低ランク達の引率としてこの村に来ていたらしい。

そしてついでに、彼もルーゴに魔法を教わっているのだとか。

そんなガラムの指先にはちょっぴりと火が灯《とも》っている。

一応、火属性の魔法は使えているようだが。

「ガラムさんって煙草《たばこ》は吸いますか？」

「ん？　ああ、リリムか。まあ嗜《たしな》む程度でなら吸うが」

「それなら火を点《つ》けるのに丁度良いじゃないですか」

「つまり俺の才能はマッチ棒程度ってことね……てうるせぇわ！　お前さんの方はどうなんだよ！　リリムもルーゴさんに魔法を教わったって聞いたぞ！　人を煽《あお》るくらいだからさぞかし凄《すご》い魔法を使えるんだろうな！」

なんてガラムが対抗心を燃やしてくる。

挑発するつもりでリリムは煙草がどうと言った訳ではなかったのだが、凄い魔法を使えるのかと言われれば黙っている訳にはいかない。

「ガラムさん、聞いて驚いてください。私、召喚魔法が使えるんですよ」

その場で立ち上がったリリムが得意気に胸を張る。

ガラムの表情が強張《こわば》ったことを確認すると、リリムの表情がより得意気になっていく。

ギルドのBランク冒険者と張り合えていることがとても心地好《よ》い。

「召喚魔法だって？　おいおいマジかよ、すげぇなリリム。ルーゴの旦那、本当なのか？」

ガラムが視線を下ろせば、その先に居たルーゴが頷《うなず》いた。

「ああ、本当だ。まだまだ俺の補助が必要な段階だが、先日はストナウルフの召喚に成功したぞ」

「そんな馬鹿な。Eランク連中だけじゃなく、田舎の小娘にまで負けちまうなんて……ッ」

悔しそうにガラムがその場に崩れ落ち、地面に強く拳を落とす。

見兼ねたルーゴがガラムの肩に手を置いた。

「ガラム殿、もう一度初めから丁寧に教えてやる。だからそう気を落とすな」

「うおぉ……、ありがてぇ、ありがてぇ……」

大の大人が嗚咽《おえつ》を漏らしている様子にリリムは若干引いてしまうも、それと同時に決して諦めないその姿勢に尊敬にも似た感情を抱く。こういう人が高ランクの冒険者になるんだなと。

自分も現状に満足していないで魔法の勉強をしよう。そう思ったリリムは診療所へと足を向ける。

「む、どうしたリリム、もう帰るのか。体調が良くなったなら、お前にも軽く魔法の稽古を付けてやろうかと思ったのだが」

「ありがとうございます。ですがペーシャちゃんにお留守番をお願いしているし、あまり診療所を長く空ける訳にはいきませんからね。私は私で魔法に関する本を読んでみることにします。また暇を見つけましたらこちらに伺いますね」

「そうか、分かったよ」

「はい、それじゃあまた今度です」

ルーゴに手を振って広場を後にしようとすると、背後でガラムが恨めしそうに呟《つぶや》いた。

「十代って良いよな、才能の塊でよ。俺だってまだまだ負けねぇぞ」

そんなガラムにも手を振ってリリムは診療所に帰宅した。

◇◆◇

ガラムに負けねぇぞと対抗心を燃やされた二日後。

リリムはお弁当を二つほど抱えてペーシャに振り返る。

「ペーシャちゃん、今日も少しだけお留守番お願いしても良いですか？」

「良いっすよ、そんなに患者さん来ないいんで楽っすから」

「うぐっ……。も、もっと励みます」

リリムの診療所を訪れる患者の数は少ない。酷い時には一日誰も来ないこともある。裏を返せば病気や怪我《けが》をする人が少ないと肯定的に捉えることも出来る。

悪く言ったつもりはないのだろうがペーシャに毒を吐かれ、僅かにダメージを負いながらもリリムは診療所を離れてアーゼマ村の広場に向かう。

こちらに向かって負けねぇぞと宣言したガラムの様子がどうしても気になってしまい、忙しいルーゴにお弁当を届けるという体裁を整えてリリムは広場に足を進めていた。

五分ほど歩いて辿《たど》り着いた広場は、何故だか二日前よりも活気付いていた。

「ルーゴさん、以前よりも人が増えてないですか？」

「なんでも評判が良いらしくてな。教えがいのある奴が増えて俺もやる気が出てくるよ」

お昼の時間帯で休憩中だったのか木陰に座っていたルーゴの視線の先、そこでは二日前より人数が増えた冒険者達が、リリムが見た時よりも上達した魔法を披露していた。

「俺はこれを【バーニングショット】と名付ける！」

ある者は炎で形作った弓で正確に的を射貫《いぬ》いてみせる。

「水と地の属性を上手《うま》く混ぜ合わせて……、出来たッ！」

またある者は複数の属性を操って土人形を作り出していた。

「これは【リビングデットの呼び声】、死者の誘いです」

「何だそれ、死体なんて俺の光魔法で浄化してやるぜ」

他にも自身の影から真っ黒な手を生やしている者や、なにやら眩《まぶ》し過ぎて直視出来ない剣を掲げている者も居る。

そして何より気になるのは広場の中央にて、とても低ランクとは思えない屈強な冒険者達と魔法での攻防を繰り広げているティーミアだ。

「はいはい！　そんな程度じゃあたしの風魔法は突破出来ないわよ！」

「くっそ！　なんだあのシルフ！　化け物かよッ！」

「魔法が風に遮られて届きやしねぇ！」

「ふざけてんぞあの風！　岩すら砕きやがる！」

複数の冒険者に囲まれているにも拘《かかわ》らず、どこか余裕の笑みを浮かべるティーミアは自身の周囲に風の魔法を起こして身を守っていた。冒険者達はティーミア目掛けて魔法を放っているがまるで届いていない。

流石はシルフの長、妖精王と言うべきか。

ルーゴが言うにはティーミアが相手にしているのはギルドのD、Cランク冒険者達らしい。

「人が多くなってきたのでティーミアにも手伝って貰っているんだ。ある程度、魔法の扱いに慣れてきた者には、ティーミアの魔法を突破出来るかが一つの指標になるだろう」

などとルーゴは言っていたが、リリムはティーミア達の様子を見て当分突破は無理そうだなと他人事《ひとごと》のように思った。Cランク冒険者では歯が立たないシルフ、その長であるティーミアの風魔法に張り合える冒険者は一体どのくらい居るのだろうか。

「わっはは！　シルフに後れを取るなんて人間って弱いわね！」

「こんのクソガキが！」

「今に見てろよ！」

「誰か大砲持ってこいッ！」

ティーミアは余裕綽々《よゆうしやくしやく》で小生意気な八重歯を見せながら冒険者達を煽っていた。リリムはあのままで良いのかと疑問に思ったが、ルーゴは特に注意しようとしないのであのままで良いのだろう。

「ティーミアのあの性格は冒険者達の向上心を確実に煽ってくれる。決して模範的な態度とは言えないが、冒険者達が目指す導《しるべ》にはなってくれるだろうな」

そんなもんなのかなぁとリリムはティーミア達の様子を眺めながら、思い出したかのように弁当を一つ鞄《かばん》から取り出した。

「そういえばルーゴさん、もうお昼ですよ、ちゃんと食べていますか？　お弁当を作ってきたのでどうぞ食べてください」

「む、ああ、すまないな。ありがとう」

弁当を手渡してリリムはルーゴの横に腰を下ろす。

自分用に持って来ていた弁当を広げてリリムはとある人物を捜し始めた。

「ガラムさん、今日は来ていないんですか？」

「奥の方で剣の素振りをしている。ガラム殿はどうしても魔法が苦手らしくてな。教えてもガラム殿の為《ため》にならないと思い、途中から剣を教えることにしたんだ」

奥で素振りをしているらしいガラムに向かってルーゴが声を掛けると、しばらくしてこちらに気付いたガラムが剣を鞘《さや》に納めて歩み寄って来る。

長いこと集中していたのか、その体は汗でぐっしょりと濡《ぬ》れてしまっていた。リリムが持参していたタオルを手渡すと「悪《わり》ぃな」とガラムは快活に笑って汗を拭った。

「ガラム殿、調子はどうだ」

「ああ、ルーゴの旦那に言われた通りにやってるぜ。お陰でもう少し強くなれそうだ」

「それは良かった。では少々、素振りの成果を見せて欲しい」

弁当を持っていたのと反対の手でルーゴが指を弾《はじ》くと、地面が突如として盛り上がって岩が突出する。人間大ほどもあるそれをルーゴは手で差し示した。

その隣で全く関係のないリリムが表情を引き攣《つ》らせる。

「ルーゴさんじゃないんですから、流石に無理では？」

「おいおいルーゴの旦那、嘘だろ」

岩を斬れってか、と苦い顔をしながらもガラムは剣の柄《つか》に手を掛け、重心を低く保って構えた。

居合切りの構えだ。流石はBランクと言うべきか、素人目で見ても整ったその型にリリムは思わず息を呑《の》んだ。

「おらあァッ！」

ガラムが勢い良く剣を振り抜いた。すると剣撃を受けた岩は横一文字に亀裂が走り、その中央から真っ二つに崩れ落ちる。

いや、斬れるんかい。

見事な一撃にリリムは小さく拍手を送った。

「うおお、すごいですねガラムさん」

「どうだ、お前さんの召喚魔法よりすげぇだろ」

リリムの手がピタリと止まる。

「まだまだですね、ガラムさん」

「今すごいって言ってたじゃねぇか」

「すごくないです」

またも対抗心を燃やしてきたガラムにそっぽを向いて、リリムは弁当の蓋を開けることにした。もうお昼だからガラムなんかに構っていられないとばかりに。

——次の日。

ティーミアが自分に向かって放たれた魔法を冒険者ごと風魔法で吹き飛ばしている傍ら、リリムはルーゴの隣でガラムの様子を眺めていた。

なんでも「すげぇもん見せてやる」だとかなんだとか。

「リリム、もうお前さんの召喚魔法なんて足元にも及ばねぇぜ」

「そう言うのなら、そのすげぇもんとやらを早く見せてください」

リリムはむっとしながらガラムの様子を窺《うかが》う。

「いいか、見てろよ」

不敵に笑うガラムが剣を振るえば、ボウッという発火音と共に剣身が燃え上がって炎を纏った。

以前、マオス大森林の探索中にルーゴが見せてくれた特技と同じだ。リリムは口をポカンと開ける。

「すげぇよなこれ、炎剣って言うらしいぜ」

お前も出来るんかい。

リリムは目元を手で押さえた。

その隣でルーゴが満足そうに頷いている。

「ま、まだまだですね……ガラムさん」

「これでも駄目なの!?」

――次の日。

地べたに這《は》いつくばる冒険者達の中央で高らかに笑っているティーミアを余所《よそ》に、リリムは頭を抱えながらガラムの様子を眺めていた。なぜならリリムの視線の先で、ガラムが剣撃を飛ばしながら岩で出来た的を次々に破壊しているからだ。

ガラムがひとたび剣を振るえば、その一撃がかまいたちのように飛んで的を両断してしまう。

次に剣で突くような動作をすれば、的は中央からひしゃげて砕け散った。

リリムの目にガラムはもう人間として映っていない。

あれはもはや妖怪の類である。

「どうだリリム！　すげぇだろ！」

「ひ、ひぃぃぃ……」

「何で怯《おび》えてんだよ！　すごいって言ってくれや！」

ガラムが機嫌良さそうに剣を手にしたままこちらに駆け寄って来たので、リリムは怯えて後退する。そんなリリムの様子を見て、隣のルーゴは苦笑していた。

「ガラム殿は剣に秀でているな。魔法の才能は残念ながらないみたいだが、代わりに魔力を扱う技術は他を圧倒するほど優れている」

「魔力を扱う技術……ですか？」

「そうだ。例えば剣を振るう際、その腕に魔力を込めれば瞬間的に剣撃の威力が上昇する。いわば疑似的な【身体強化の魔法】だな。ガラム殿はそれを駆使して岩をも斬り裂いている」

「な、なるほど？」

どうやら魔力というものは、何も魔法を行使する為だけに使われる力ではないらしい。

ルーゴが言うには、腕に魔力を込めることで疑似的な身体強化の魔法として作用する。魔力を魔法として使用しなければ、その消費量も節約することが出来るのだとか。

リリムが知らないだけで魔法の世界はまだまだ奥が深いらしい。

「リリムも負けていられないぞ。暇を見つけたら俺に言え、その時はまた魔法を教えてやる」

「そうですね、召喚魔法を完璧にして、またストナちゃんに会いたいですし」

頷いたリリムは視線をルーゴに向ける。

この男の表情は相変わらず兜の下に隠されていて何を考えているか分からないが、なんだか雰囲気が柔らかくなった気がするとリリムは感じる。

というのも最近、ルーゴがよく笑うのだ。

彼がこの村に来てから既に四ヶ月は経《た》っただろうか。最初こそ、その態度はぶっきらぼうでおっかない印象があった。それはリリムがルーゴのことを警戒していた理由の一つでもあったが、最近は物腰が柔らかくなってきていた。

この村に来る以前、ルーゴに何があったかはリリムの知るところではない。だが、アーゼマ村での日常が彼の心境に変化を起こしたのなら、それはきっと良いことなのだろう。

「ルーゴさん、アーゼマ村での日々は楽しいですか？」

「ん？　ああ、色々と忙《せわ》しないが、充実した日々を送れている」

「そうですか、それなら良かったですっ」

最近、世間で活性化した魔物の被害が増えている。それもあってルーゴはガラム達冒険者を鍛えることを承諾したのだろう。ギルドの人材が不足しているといった話はよく耳にする。

魔物の被害はアーゼマ村も無関係ではいられない。叶《かな》うのなら、この村がずっと平和であって欲しいとリリムは願うばかりだ。

# エピローグ

それはまだお昼前のことだった。

いつものようにリリムが診療所の調薬室にて薬の調合をしていると、

「リリムさん、裏庭が大変なことになってまっす」

青い顔をしたペーシャがそう言ってちょんちょんと服を引っ張ってきた。

「大変なことって何ですか？」

「リリムさんって前に裏庭に畑を作った時、何を植えたか覚えてまっすか？」

「はい、覚えていますけど、それがどうかしたんですか」

診療所の裏庭には畑がある。

この畑は薬草等を自宅で栽培してみようかと思って作ったものなので、もちろんそこには薬草の類が植えられている。他にもちょっとした野菜の種なども植えられているのだが、

「トマトって植えまっしたか？」

「そうですね、植えてますよ。実はトマトが好物なものでして」

「そのトマトが暴れてまっす」

「はい？」

トマトが暴れているとは何事か。

ペーシャが突然訳の分からないことを言い始めたので、リリムは指をくるりと振るって『微精霊の加護』を使用し、微精霊を呼び出した。そして一つお願い事をする。

「微精霊様、ペーシャちゃんが正気か確かめてください」

「えええ!?　ちょっと待ってくださいっす！　私は正気でっす！」

リリムの指示に従って頭に集まり始めた微精霊達《たち》をペーシャは振り払う。そして頬を膨らませてリリムの腕を強引に引っ張り始めた。どうやら怒らせてしまったようだ。

「裏庭に行くっす！　本当にトマトが暴れてるっすよ！」

「またまたぁ～、トマトが暴れるってどういうことですか。あ、さては私を騙《だま》そうとしていますね？　ペーシャちゃんは本当にいたずら妖精ですね」

「そんなこと言ってられるのも今のうちでっす！」

そんなやりとりをしながら裏庭の方へと連れて行かれると、

『グギャアアアアアアアッ！』

そこでは何故《なぜ》だか牙を生やしたトマトが奇声を発していた。

拳大ほどもあるそれは周りに生えていた薬草達に襲い掛かったり、葉を食い千切ったり、茎を引き千切ったり、土から根を掘り返していたりとやりたい放題である。

その光景はまさしく『トマトが暴れている』といった言葉が適切だろう。

「ね？」

ペーシャがこちらを振り返った。

リリムは表情を引き攣《つ》らせながら恐る恐る頷《うなず》いてみせる。

「リリムさん、畑に一体何を植えたんすか。あれってもしかして薬草の類なんすか？　口とか付いてまっすよあのトマト。見たことないでっす」

「あ、あんなの植えた覚えなんてないですよぉ……」

もしかしなくても薬草ではない。

あれはもはや魔物の類だろう。

そもそもの話、リリムが畑を作って薬草や野菜の種を植えてから、まだそんなに日にちは経《た》っていないのだ。まだ一ヶ月にも満たないだろうか。トマトが実を付けるにはまだ早過ぎる。

従ってあの化け物は決してトマトではない。

「ペーシャちゃん、あのトマトを風魔法で撃退出来ますか？」

「い、嫌でっす。気持ち悪いっす。代わりにルーゴさん呼んで来まっす。ルーゴさんなら何か対処法を知っているかもでっすから」

「お願いします！　出来るだけ早く！」

「了解っす！」

ペーシャはそう言って診療所を飛び出して行った。彼女が羽を使用して空を飛べば、ルーゴが居るところに数分で辿《たど》り着くだろう。

そしてしばらくすると診療所の扉がコンコンとノックされた。

「リリム、どうかしたのか。ペーシャが裏庭が大変なことになったと言っていたのだが」

「魔物が出たのならあたし達に任せなさいよ。五秒で片付けてやるわ」

玄関の扉を開ければペーシャに連れられたルーゴとティーミアが姿を現した。

どうやらペーシャはトマトの相手にアーゼマ村きっての猛者を揃《そろ》えたらしい。リリムはそんな頼もしい二人に事情を説明した。

「裏庭でトマトが暴れてるんですよ」

「なんだって？」

「何言ってんのよあんた、正気？」

トマトが暴れる訳ないでしょ、とさっそくティーミアに正気を疑われる。

「私は正気です。とりあえず裏庭に来てみてください」

リリムは未《いま》だ怪訝《けげん》そうな視線を向けてくるティーミアの腕を引いて裏庭へと向かう。その後ろをルーゴとペーシャが付いて来る。

そして裏庭にやってくるとティーミアの目が点になった。

『ゴギャアアアアアアアアアッ！』

「と、トマトが暴れてるわ……」

裏庭に植えた植物を食い荒らすトマトを見て、ティーミアは目をぐりぐりと擦《こす》り始める。つい先ほどはリリムの正気を疑っていたが、今度は自分の目を疑っているらしい。

「ルーゴさん、あれって本当にトマトなんですかね？」

リリムは裏庭を蹂躙《じゅうりん》するトマトを指で示して尋ねてみる。

「ああ、そうだ。あれはトマトだ」

するとルーゴが頷いた。

「といっても植物のトマトではなく、魔物に分類される方のだがな」

「トマトの魔物が居るなんて知らなかったです」

「以前、畑に種を撒《ま》いた時に交じっていたのだろう。あの魔物の卵はトマトの種と酷似しているからな。判別は非常に難しいと聞く」

「えぇ……、あの種って王都から取り寄せたものなんですよ？　せっかく美味《おい》しいトマトを作ろうと種を植えたのに、まさかそれが魔物の卵だったなんて」

トマトの栽培期間は通常三、四ヶ月である。あともうしばらくすれば、好物であるトマトが食べ放題だと楽しみにしていたリリムは絶望に膝から崩れ落ちた。

そんなリリムの肩に、ルーゴはそっと手を置く。

「そう悲観することもない。あの魔物は周囲から根こそぎ栄養を奪い、別の作物にその奪った栄養を分け与えるんだ。新たな獲物を寄せ付ける餌を育てる為《ため》にな」

よく見てみろと言ってルーゴが指し示した先、化け物トマトの背後には、

「と、トマトだ……っ」

トマトが赤く熟した立派な実を付けていた。

それも一つや二つではなく、大量のトマトを実らせる苗達が庭中にこれでもかと根を伸ばしている。牙を生やして奇声を発する化け物ではない。あれはまさしくトマトだった。

リリムは先ほど、あの化け物トマトに気を取られていたのでそれに気が付いていなかった。

「あの魔物が栄養を与えて実を付けたトマトは高級品だ。良かったな」

「ほ、本当ですか？」

「ああ、美味《うま》いぞ。絶品だ」

ルーゴがリリムの肩に置いていた手を離し、化け物トマトに照準を合わせる。

「だが、あのまま暴れられては他の作物が育たない。あいつには悪いが、消えて貰《もら》うとしようか」

突き出された手の平から【重力魔法】が放たれた。

こうして化け物トマトはアーゼマ村の用心棒の手によって退治され、診療所の裏庭には立派な高級トマトの苗のみが残される。

今夜はトマトパーティかなと思ったリリムは、ルーゴ達も一緒にどうかと誘うことにした。

◇◆◇

ギルドの冒険者には階級が存在する。

Sランクという一握りの例外を除けば、上からA、B、C、D、と続いて最低のランクはEといった格付けがされている。つまりギルドのEランクは最も弱い冒険者ということだ。

しかし最近、そのEランク冒険者達が急激な成長を遂げていた。

「それではこれより、昇格試験を始める！　構えろ！」

「うっす！」

ランク昇格試験。

冒険者ギルドに設けられた試験場にて行われるそれは、依頼達成数などの一定条件を満たした冒険者が、次のランクへと昇格するに値するかを判断する為のものだ。

Eランク冒険者がDランクに昇格する為の試験内容は至ってシンプル。

ギルドマスターであるラァラによって選抜された試験官に実力を見せること。

最低限の実力がなければ、今後Dランクとして活動していくのは難しい。

「始めッ！」

合図と共に一人の若い冒険者が手を振るえば、その手に真っ赤な炎で作られた弓が握られる。

「喰《く》らえッ！　【バーニングショット】！」

そして業火を纏《まと》う矢が放たれた。

「なッ!?」

試験官は驚愕《きょうがく》に目を見張り、迫り来る炎の矢をその場から飛び退《の》いて回避した。まともに受ければタダでは済まないと判断したのだろう。

その証拠に矢が掠《かす》ってしまった鎧《よろい》が発火して炎上する。試験官は慌てた様子で身に着けていた鎧を脱ぎ捨てた。

「くそ、掠っただけか！　もう一度行きますよ！　喰らえバーニング――」

「待て待て！　分かった！　合格だ！　だからもうやめろ！」

「え？　まじっすか！　やったあ！」

合格を言い渡された冒険者は、両拳を握り締めてガッツポーズを決める。

その正面では試験官が燃え尽きてしまった自身の鎧を見て表情を引き攣らせていた。

それもそうだろう。

たった今、昇格試験を行った若い冒険者はギルド最弱の『Eランク』であり、まだ冒険者になって一年にも満たない新米なのだから。

その新米が限られた者しか使用出来ない【魔法】を行使したのだ。そしてその威力は鎧を燃やし尽くしてしまうほどのもの。

実力を見せろという試験内容でそれを見せられれば文句なしの合格だろう。

続く試験も試験官は驚かされるばかりであった。

「──【リビングデッドの呼び声】」

不敵に笑った冒険者が魔法を行使すれば、試験官は足元に巻き付いてきた真っ黒な腕に身動きを封じられる。次いで両腕も押さえ付けられれば勝負ありだろう。合格だ。

次の冒険者は少女。

彼女が床に両腕を叩《たた》き付けると、床を突き破って巨大な土人形が姿を現す。

ゴーレムとも呼ばれるそれは高い防御力と攻撃力を併せ持っている強力な魔法兵器だ。とても自分の手に負える魔法ではないと判断した試験官は、まいったと両腕を上げて合格を言い渡した。

更に試験は続き、他の若い新米冒険者達も当たり前のように強力な魔法を使用してくるので、試験官はこの日全ての冒険者達に合格を言い渡してしまった。

数にして十七名だ。

そしてその数はそのまま、ラァラがアーゼマ村に送ったEランク達の人数と一致する。

「何なんだよあいつら……」

ランク昇格試験も終わり、ギルドの食堂で休憩していた試験官は思わずぼやいてしまう。

Cランク冒険者という立場にある彼は、今日だけでEランクに十七度も敗北してしまったのだ。

愚痴も溢《こぼ》したくなるだろう。

「こんばんは」

一人酒をやっていると、隣の椅子に空色の髪をした少女が腰を下ろした。

「これはこれはエル様。私に一体何のご用でしょうか」

その少女はギルドが誇るAランク冒険者にして、Sランク冒険者ルーク・オットハイドの元パーティメンバーであるエル・クレアだった。

「えっとね、ちょっとお話を聞きたくて。今日の試験、見てたよ。大変だったね」

「そうですね。まさかEランクに何度も負かされてしまうとは、夢にも思いませんでしたよ」

「ふふ、エルもちょっとびっくり。すごい魔法使ってたよね」

でも、とエルは続けた。

「どこであんなすごい魔法を覚えたんだろうね？　知ってる？」

「ええ、知ってますよ」

そう頷いて試験官は自身が知っている話の詳細を語る。

なんでもEランク冒険者達は今、ギルドマスターのラァラから紹介されたアーゼマ村の用心棒に鍛えて貰っているらしく、たった数日で強力な魔法を身に付けてしまったのだとか。

それを話すと、エルは「ふぅ～ん」と目を細めた。

「面白そうだね。アーゼマ村の用心棒さんってそんなに凄《すご》い人なんだ」

「そうみたいです。調査員のルルウェルさんも凄い人が居るって騒いでましたから。私もEランク達にあんな魔法を見せられたら、その用心棒さんに鍛えて貰いたいなって思ってしまいますよ」

「そっか、じゃあエルも魔法を習いに行ってみよっかな」

「まさか。エル様はAランク冒険者なんですから、その必要はないんじゃないですか?」

加えてエル・クレアは同じくAランク冒険者である賢者オルトラムの弟子である。

魔術師界隈《かいわい》の最高峰と言われる大魔術師に魔法を教わっているエルが、ギルドマスターのお墨付きがあるといえども田舎村の用心棒に魔法を教わる必要はないのではないだろうか。

試験官がそう伝えると、エルは「それもそうだね」と笑って席を立つ。

「お話に付き合ってくれてどうもありがとでした。じゃあね」

どうやら聞きたかった話を聞けたようで、エルは試験官へと丁寧に頭を下げる。そしてくるりと振り返り、その足はパタパタと食堂の出口へと。その最中、

「厄介だね」

とエルが呟《つぶや》いた一言は、試験官の耳には届かなかった。

# あとがき

主人公が死ぬところから始まるストーリーってどうなんだろうと思ってですね、本作は私の中で一度ボツとなっておりました。重いな……、と思いまして。

ですが、友人にこう言われたのです。

「前に見せてくれた小説、あれって今『小説家になろう』に投稿したら、割と良いところまでいけるんじゃない？」

なんて。

追放もの、というジャンルらしいですね。

じゃあちょっと書いてみるか、といった感じで軽く手直しをして生まれたのが本作になります。

まず手直し前だと魔物のヒロイン達《たち》が登場しません。リリムも、ティーミアも、ペーシャも。

そこにあるのは主人公が淡々と自分を裏切った仲間達に復讐《ふくしゅう》していくという、重っ苦しい物語のみ。流石《さすが》にこれではいけないと思い、スローライフという味付けを施しました。

そうして出来上がった本作を小説家になろうに投稿してみたところ、なんとオーバーラップ様から賞をいただきまして、今回書籍化と相成りました。嬉《うれ》しいですね。

まずは私の小説を見つけてくれた担当編集のO様に感謝を。

初めての書籍化とあって色々迷惑を掛けたかと思います。ありがとうございます。

そして素敵なイラストを描いてくれたイラストレーターの熊野だいごろう様にも感謝を。

書籍化打診の連絡をいただいた時は手が震えたものですが、熊野様からイラストが送られてくる度にも手が震えました。うおお、綺麗《きれい》だなって。

あとは校正を担当してくださった方にも感謝が尽きないですかね。

私の至らない文章をこれでもかと直してくれました。原稿、真っ赤っ赤でしたもん。普通に恥ずかしかったです。こちらも手が震えましたね。

もう一人、この本を手に取ってくれたあなたにも精一杯の感謝を。

願わくは、再びここで会えることを心待ちにしております。

それでは、また。

ラストシンデレラ

作品のご感想、
ファンレターを
お待ちしています

あて先

〒141-0031　東京都品川区西五反田 8-1-5 五反田光和ビル4階
オーバーラップ編集部
「ラストシンデレラ」先生係／「熊野だいごろう」先生係

## スマホ、PCからWEBアンケートにご協力ください

アンケートにご協力いただいた方には、下記スペシャルコンテンツをプレゼントします。
★本書イラストの「無料壁紙」　★毎月10名様に抽選で「図書カード（1000円分）」

公式HPもしくは左記の二次元バーコードまたはURLよりアクセスしてください。
▶ **https://over-lap.co.jp/824005021**
※スマートフォンとPCからのアクセスにのみ対応しております。
※サイトへのアクセスや登録時に発生する通信費等はご負担ください。

オーバーラップノベルス公式HP ▶ **https://over-lap.co.jp/lnv/**

# お前は強過ぎたと仲間に裏切られた「元Sランク冒険者」は、田舎でスローライフを送りたい 1


発行　2023年5月25日　初版第一刷発行

著者　ラストシンデレラ

イラスト　熊野だいごろう

発行者　永田勝治

発行所　株式会社オーバーラップ
〒141-0031
東京都品川区西五反田8-1-5

校正・DTP　株式会社鷗来堂

印刷・製本　大日本印刷株式会社





ISBN 978-4-8240-0502-1 C0093





【オーバーラップ　カスタマーサポート】
電話　03-6219-0850
受付時間　10時～18時（土日祝日をのぞく）